我樂於給人們講述我生命中的財富，

我真的願意把自己最珍貴的禮物送給他們……

我想告訴人們——我生命中那些但願能夠重回的經歷。

（引自《梭羅日記》）

書遊記

莊展鵬 文・攝影

遠流出版公司

每個人都是書本探險家

劉克襄（作家）

以前的人在孩童時代，多半會有兩種探險，一個是野外環境的摸索，另一個是書本的接觸。

這兩種探險明顯不同。以前的自然環境保持良好，到處可見，孩子接觸野外的機會大，多半充滿捉青蛙、釣溪魚的經驗。談到小時的鄉野冒險，也都能朗朗上口。反之，提到書本的翻讀，往往手指頭數完，大概就講不出所以然了。

何以如此？原來，當時物質貧困，父母親買得起書本的實在不多。很多想看書的孩子，可能一輩子沒幾本書好讀。於是，好不容易擁有一本，不免擁書入眠。那種幸福滿足的情景，也常有人回憶了。

相較於過去，現今印刷發達，課外書籍豐富而多樣，任何小孩輕易就能獲得好幾套精美的童書和繪本。或許是這樣吧，看到現在的孩子對書本不若過去珍惜，寧可把時間花在電視和網路的遊蕩，相信很多大人都會感概。本文的作者想必也有這樣刻骨銘心的感受，才會寫出自己年少時如何在書本世界探險的故事。

翻閱完本書，我的直覺是，遠在三四十年前，那個貧困的年代，作者恐怕是最勇於在書本世界探險的少年了。

從安徒生童話起，作者在孩童時代就悄然地展開一段不凡的閱讀探險。隨著周遭朋友的接觸、兄弟間相互的扶持，他很幸運地獲得接觸各種經典文學書籍的機會。但讀書不能只靠幸運，還得要有挑戰的信念。他也不時帶著好奇而快樂地探索心情，把每本書都視爲一座山頭，就看他如何一座座地翻爬、攀越。

作者遭遇到的每本書，都有不同面相的困難和困惑。遇到低潮時，他也會努力克服，在懵懵懂懂的摸索下，逐漸理解每本書的奧義。隨著父親工作的更動，他雖然住好幾個地方，但書本的閱讀都未中斷。反之，透過閱讀的不同面相，視野更加寬廣。

如何在讀書世界的探險裡，發掘寶藏呢？作者以自己成長過程的起落，以及那時代升學壓力下的氛圍，娓娓道出一個人年少時如何隨著課外書長大。

我們在年輕時或多或少都受過書本的啓蒙，但像作者這樣跟豐厚的書冊互動，著實相當罕見。透過這些書籍的啓發，他的青春期叛逆也悄然發生了微妙的轉變，終而在大學時期蔚然地開花結果。這樣的讀書成長，或許是今天的孩子們在翻讀課外書時，最值得借鏡的地方。

書遊記

01

在我手裡這殘破的兩頁，就是敘述她回到深海的花園後，再也沒有心情照料她的花。那些花逐漸好像生長在曠野一樣，滿地都是，長長的枝葉交纏在一起，變成了一個幽暗的角落……。

一陣寒風吹過來，兩張紙忽地撲到我的腳邊，啪拉啪拉的響著。我好奇的抓起來瞧瞧——是從書中脫落下來的，薄薄的紙張好像想要掙扎一般，在我手中不停拍動著。

「咦？這不是安徒生的童話故事嗎？」

我立刻就認出是安徒生那篇著名的「海的女兒」——小人魚公主第一次浮上海面，拯救了遭遇船難的小王子，並且立刻愛上他……。

在我手裡這殘破的兩頁，就是敘述她回到深海的花園後，再也沒有心情照料她的花。那些花逐漸好像生長在曠野一樣，滿地都是，長長的枝葉交纏在一起，變成了一個幽暗的角落……。

看到這裡，我的心突然「砰」的一震——

幽·暗·的·角·落·

我怔怔盯著紙上這幾個字，好像正在瞧著我從不認識的幾個生字。或者說，那根本像是未曾存在於我的世界中的幾個字，非常非常的陌生。

在冬日刺骨的寒風中，我感到一陣陣迷惑和錯亂……。

02

他的筆，好像可以撫慰任何傷痛，也可以碰觸到我內心深處最柔軟的地方。他就像慈祥的爺爺，在狂風暴雨的夜晚，會走到你身邊，拉著你的手，溫柔的說：「你這可憐的小傢伙，到我這兒來吧，我可以使你溫暖……」

這是民國五十六年，學校放寒假的前一天。

讀六年級的我，閒著無事，跑來陪班上的一位大個子同學。他正在學校側門邊的垃圾回收場，整理、綑綁從各班大清掃所丟出來的「垃圾」——作業簿、課本。經過大個子整理後，可以賣錢來貼補家用。聽說他是跟養父母一起生活，從小就必須負擔各種家事。

他是學校的躲避球高手，而又矮又瘦小的我呢，則是老被球砸得滿場亂竄、哀嚎的可憐蛋。

我看著他工作，心裡非常佩服。他整理的手法很熟練、快速，在刺骨寒風中，臉上竟然一滴滴汗水不停的掉落。其實我根本幫不上什麼忙，而且才做沒多久就感到腰酸背痛，於是趁著風吹來安徒生這篇故事的機會，乾脆坐下來，專心閱讀起來。

讀著讀著，忽然一個念頭浮現出來，我知道這個寒假要做什麼了——進攻安徒生！

我是在前年才從宜蘭的鄉下轉學來台中，對於這個城市還很陌生，也很好奇。我最開心的是，在學校附近的菜市場，有好幾家漫畫出租攤，書又多又新，更換也快，看得眞是過癮。只可惜零用錢總是不夠。

然而，就從風吹來故事的這時起，我的閱讀目標已經開始轉向了——我彷彿著魔了一般，見到每個同學就會追問：「你家有沒有安徒生童話？借我吧！」我想要將他所寫的每一篇故事，全都找來讀過。

本來不太敢和女生搭訕的我，爲了安徒生，也只好厚著臉皮開口。我沉迷在安徒生故事裡，幾乎已渾然忘記不久之後就要來臨的初中聯考了。

同學們出借的安徒生童話書陸續來了——我讀到他寫一個雪人站在院子裡，見到屋內熊熊火爐，這雪人不知爲什麼，心頭突然湧起一種奇異的情感，覺得全身都快要碎裂了……。他又寫拇指姑娘不幸流落到田鼠的洞穴裡，自己都凍得快死了，卻還用草編了寬大美麗的毯子，蓋住差點凍斃的燕子，救活了牠……。

還有，那個用舊湯匙改鑄而成的小錫兵，歷經各種奇異、可怕的磨難，卻一直堅持挺直站立，面不改色……。再看看那個賣火柴的女孩，在冰天雪地中，光頭赤腳，又餓又冷，只好擦燃小小的火柴，用一道道美麗的微光來取暖、烘夢……。另外，被全體雞鴨嘲笑的醜小鴨呢，牠到處被排擠，卻有個奇特的心願：「我想走到廣大的世界裡去……」

我所讀到的安徒生作品，都是這樣的溫柔、體貼又深情。他的筆，好像可以撫慰任何傷痛，也可以碰觸到我內心深處最柔軟的地方。他就像慈祥的爺爺，在狂風暴雨的夜晚，會走到你身邊，拉著你的手，溫柔的說：「你這可憐的小傢伙，到我這兒來吧，我可以使你溫暖……」

然而，現實的世界並不像童話那樣圓滿。有一天，早自習時，大個子的養母突然闖進教室，對他大吼大罵，似乎是因爲他受不了養父母的虐待，已經逃家多日了。養母鬧了一陣，見他不肯屈服，於是施出殺手鐧——她大喊：「你把我給你的衣服褲子全都脫下還我！」

只見大個子二話不說，就在講台上把衣褲全都除下，只剩一條內褲而已。養母氣憤未平，但也無計可施，只好抓起地板上的衣褲走了。

這時，我的腦海中，忽然又浮現「幽暗的角落」這幾個字。原來在我身邊，就有這樣活生生的苦難、折磨，並不只是存在於童話世界中而已。

畢業前，大家都買了小冊子，互相留言紀念。大個子爲我寫的是「最甜蜜的果實，結在最苦幹的樹枝上。」

我非常喜歡這一句，眞像是他的人一樣。比起其他同學常題的「一分耕耘一分收穫」，或是「鵬程萬里」，要強太多了。

可是我很苦惱，因爲一直找不到滿意的句子題給大個子。一直拖到畢業典禮當天，我才終於發現最適合送他的那一句，我確信他一定也會喜歡。

只不過，由於他是全校的風雲人物，當天有數不盡的學弟、學妹搶著要爲他獻花，我怎樣也無法靠近，最後只好作罷。

我本來想送他的畢業留言是：「只要你是天鵝蛋，就算是生在養雞場裡也沒有什麼關係。」

這麼棒的勵志名言，不用說，當然是來自於安徒生囉。

長大後的我，依然是個「安徒生迷」，一遍又一遍的，反覆閱讀他的作品，從不厭倦。不但這樣，我也時常會向朋友、同事推薦，一談起他的作品動人之處，總會興奮難抑。大家都笑我是染上了「安徒生熱」了。

我最佩服他的，是在生命中無論遭遇到什麼樣的打擊、挫折，他都可以轉化為動人的故事。不但讓孩子們因此得到鼓勵和安慰，連成人也能在閱讀中有所啓悟。就像評論家所說的：「安徒生的筆鋒像根魔杖，把他早年每一件不幸的事情，甚至父親日趨惡劣的健康，都改頭換面地寫出來」，同時又賦予深刻的意涵，變成極為動人的童話，歷久而彌新。

就因為我多年來飽嚐他作品中豐富、動人的溫暖滋味，所以時常會忍不住想要跟更多人分享，也藉此來向他致敬。

03

我往外看，在家中通明燈火之外，彷彿正隱藏著一個我還未真正接觸過，還無法理解的真實世界，就在那神祕的黑暗之中。

那無比神秘的黑暗，似乎正透過這本《苦兒流浪記》，悄悄的滲進我的生活中，要透露什麼訊息給我。

在小學時期遇見的書中，印象特別深刻的，除了安徒生和幾本日本漫畫外，還有一本法國馬洛的《苦兒流浪記》。

苦兒一生眞是其苦無比。在嬰兒時期就被偷走，從英國帶到巴黎丟棄，後來被窮鄉僻壤的農家夫婦收養。

養母非常疼愛他，可是養父因受傷而不能工作，而且非常殘暴凶狠，時常嚴厲的處罰苦兒。後來養父將苦兒「租」給跑江湖賣藝的師父十年，從此，苦兒便開始了漂泊流浪的痛苦生涯。

和他作伴一起表演的，是一隻猴子、兩隻獅子狗，還有一隻小雌狗「卡彼」。

離家那天，苦兒淚下如雨，沒有人來救他。要翻過山坡最後的轉角時，苦兒好像望見了包著白頭巾的養母，她從家中飛快跑出來，兩手向著天空，絕望的呼喚他。苦兒也盡力叫喚，可是他的聲音只是消失在山谷和溪水聲中……。

從翻開這本書開始，我便感覺自己陪著苦兒一起，經歷一切遭遇，不由自主的，陷入一種無法自拔的情緒。十二歲的我當然明白這只是小說，但因爲作者用第一人稱來敘述，文中對於各種狀況、事物、場景、人物的描繪，都非常細膩、寫實，使我不知不覺的，當成是一本眞人眞事的傳記故事了。

苦兒他們各處漂流表演，每次向農家求借住宿時，總是被拒絕；而且時常會被警察驅趕、毆打。有一次師父還被告上法庭，判定監禁兩個月。

這時，苦兒只好自己帶著動物們到山洞過夜。他又飢又渴，把地上枯葉湊攏來取暖。他想到身上只剩三個銅板，明天就會撐不過去，不由得仰望天空。星星閃爍，萬籟無聲。他想：「多麼寂寞呀！我無依無靠，孤單得很。」不禁悲從中來，心痛如絞，哭了出來，突然，有溫暖的呼息吹到他的髮上，長而大的舌舐在他的臉上。原來是小狗卡彼。苦兒緊緊地擁抱著牠的頭，吻著牠。卡彼幾乎窒息，發出哼聲，似乎是在陪他哭泣……。

從小學到今天，距離我初次閱讀這本書，已經四十多年過去了，但我還依稀記得當時的心情變化——既忍不住要跟著苦兒，一路體驗他那不可思議的生命旅程；但又時時會感到不忍，想要快快闔上書，終止他無盡的折磨。

即使在現在，這本書依然還是可以在書店找得到——可憐的苦兒仍須無休無止的，繼續敘述他的悲慘人生。

而當年的我呢，闔上書後，卻久久難以忘懷一個奇特的意像——那是在經過千辛萬苦，苦兒終於到達出生地的巴黎，師父帶著他在大街小巷東轉西繞，他緊抓著師父的衣角，走過一條小橫巷，到了一處黑暗的地方，那裡永遠沒有陽光，又髒又破，臭氣直衝入鼻子裡。

就在那裡，苦兒赫然發現，有十多個義大利小孩，是被賣來的，命運比他更是悲慘不堪……。

「黑暗的地方」，我敏感的記住書中這一句。這樣的描述，使得我很困惑，覺得有些暈眩。

十二歲的我，放下《苦兒流浪記》，呆呆的坐在家中書房的椅子上，環視周邊。那是我們五兄弟的書房，書桌並排擺置，每個人的物品隨意擺放著。

我往外看，在家中通明燈火之外，彷彿正隱藏著一個我還未眞正接觸過，還無法理解的眞實世界，就在那神祕的黑暗之中。

那無比神祕的黑暗，似乎正透過這本《苦兒流浪記》，悄悄的滲進我的生活中，要透露什麼訊息給我。

然而，我所認識的世界，到這時爲止還是相當平靜無波，我既沒有捱過餓，也沒有露宿過街頭，更沒像苦兒那樣，必須和親愛的家人長久分離、甚至死別的悲慘經驗。那麼，那神秘的黑暗，究竟是要向我訴說什麼呢？

04

我們兄弟的「猜書會」，在嘻嘻哈哈鬧了一陣後，會有人先覺得睏了，悄悄溜進臥室去。或是有人忽然發現某一本有感興趣的文章，就靜靜的帶了書到一旁看了起來。我閉上眼睛，感覺腦海中好像還縈繞著剛剛的歡笑聲。夏夜的快樂時光是多麼悠長呵，像這樣的日子，彷彿可以無止盡的，一直延續下去……。

「喂～～快讓路喔！」

弟弟和我各抱著一大落《讀者文摘》，邊吆喝，邊往書房走去。

我們倆剛搜遍家中各房間、各角落，把這些手掌大的小書全都聚攏到書房來。

在這時，我們已吃過晚飯，洗好澡，電扇也已開到最大。傍晚的那陣西北雨剛過，夏日淫威已消褪得差不多了。這幾大落《讀者文摘》也已在書桌上堆得高高的，我們的「猜書大會」就要開始啦。

每年一到寒暑假，我們五兄弟照例會想些特別花樣，來消磨漫漫長假。例如有一回，要大家背對電唱機，主持人隨意抽出一張黑膠唱片，選其中一首歌曲播放——但只有短短幾秒就抬起唱針，讓大家來猜測、搶答曲名、或是歌者。

而這次，我們面對的挑戰是數十本《讀者文摘》，難度就更高了。主持人照例是最有鬼點子、最愛搞笑的二哥。他從堆得高高的書堆中，隨意抽出一本，用身體遮住封面，接著就開始出題了——有時他問的是書中一位名作家的代表作書名，下一題卻又換成另一位大畫家的風格特色；然後接著又改問某位大冒險家的國籍……等等。

這些猜題雖然答案都在各本《讀者文摘》中，但對於年齡較小的弟弟和我來說比較吃虧。不過，我們也自有變通的取勝之道——當二哥秀出其中一期的封面：秋天的紅葉景色，如有火焰般炫目，這時弟弟忽然脫口而出：「我還記得邊邊的角落裡，有兩個人騎馬經過喔。」大家半信半疑，全都湊近去瞧——果眞如他所說的那樣。

我自然也不甘示弱，在二哥又秀出另一幅春意盎然的封面時，立刻搶答：「這兩隻鳥在樹上有結巢，而且裡面已經有兩個蛋了。」大家再度湊近去瞧，當然也是正確無誤啦。

二哥隨手翻書，即興出題，使人無法預先準備。例如他突然來這招：「現在是夏天，來考考你們的生活常識吧——遇到大雷雨時，可不可以躲在大樹下？」有的答可以，也有否定的。結果書中的答案是：「躲在樹下的很可能已經被雷劈死了。」那麼，如果當時正好坐在公車裡，要不要下車躲避呢？大家都贊成，因爲汽車全身都是金屬，一定更會導電。結果，主持人宣布我們全都「陣亡」了。

接下來，二哥突然宣布：「來測測你是不是眞的在戀愛？」我們三個小的立刻怪聲亂叫，不約而同說：「這題應該考大哥才對！」沒錯，大哥曾在耶誕節時，約了幾位男女同學到家中來，在窄小的客廳辦了場舞會，還把燈光弄得頗有氣氛，讓我們四個土包子大開眼界哩。

此時，我們趕緊安靜下來，好奇的聽二哥唸出問題：「你和她是不是一見鍾情？假如有別人追求她，你會不會忌妒或不安？你們不在一起時，你會不會魂不守舍？」大哥邊笑邊作答，聽起來像是故意搞笑來混過一般……。

這是我小學畢業時的暑假，我就是在這樣的書的環抱中，逐步要開始我的青少年時期。雖然安徒生的作品最讓我著迷，但是在這時我看得最多的，還是每月寄來一冊的《讀者文摘》。據說它這時是以十多種文字印行全世界，每月可銷售兩千多萬本哩。它一向以資料的求證嚴謹而聞名，內容則較爲保守、溫和，不會有太過激烈的言論或聳動的題材。最常出現的，像健康、家庭、婚姻、科學新知，以及勵志、生活常識等等。

在我家，這些書平時就堆在書房，我有空就順手抓一本，翻著翻著，不知不覺就度過許多時光。

我特別中意的，是對於作家和藝術家的介紹，書中總是能用簡練而活潑的文字，在短短幾頁之間，就把他們的生平故事、作品特色做了生動而精要的解說。

除了安徒生，我也因此而認識了寫《塊肉餘生記》的狄更斯、寫《金銀島》的史蒂文生等等。

至於我們兄弟的「猜書會」，在嘻嘻哈哈鬧了一陣後，會有人先覺得睏了，悄悄溜進臥室去。或是有人忽然發現某一本有感興趣的文章，就靜靜的帶了書到一旁看了起來。

我也感到有些倦了，走進臥室躺著，望向窗外，芒果樹和黃椰子樹的葉片在月光下閃閃發亮。這時，後院有隻公雞忽然振翅啼叫了幾聲，隨即又沉寂下去。什麼聲音都消失了。我閉上眼睛，感覺腦海中好像還縈繞著剛剛的歡笑聲。夏夜的快樂時光是多麼悠長呵，像這樣的日子，彷彿可以無止盡的，一直延續下去……。

05

寶覺寺高而透風的大殿，涼風習習，非常舒服。我倚在藤椅上閱讀，常常不自覺就睡著了。悠悠醒來時，厚厚的《三國演義》掉在地板上，書頁翻開，微風拂動書頁，輕輕作響。

書中的戰鬥仍在持續不輟，而我這局外人，繼續津津有味的看下去。

儘管我把《讀者文摘》看得滾瓜爛熟，卻對考初中沒幫上忙——我沒能像哥哥們一樣，考進前三志願的省立中學，只進了市立中學，而且還是風評不佳的那間。

開學後，男生必須剃光頭，像小和尚一樣。大家很快混熟了，仍像小學生般打打鬧鬧。

這時的報紙上，每天會連載臥龍生和司馬紫煙的武俠小說。不少同學非常著迷。可是有些人家中沒訂報，於是便央求我上學前，先記住當天連載情節，到校後立刻轉述給他們聽。我的記憶力一向很糟糕，又容易分神，常常講著講著，情節就走岔了。這時，我只好胡亂比手畫腳掰一節，順便也滿足自己的創作慾。

我們的國文老師剛從大學畢業，很年輕，正有著教學熱忱。他對同學迷武俠小說很不以為然，便在黑板上寫下兩本書名：《三國演義》、《水滸傳》。

「這兩本書是眞正的名著，比武俠小說更好看，」他強調：「看看誰有勇氣自我挑戰？」

老師說完，看看大家。沒有人有反應。他有些失望，擦去書名，繼續上課。

不過，我倒是記住了。回家後在哥哥們的書架上找到《三國演義》一瞧，天哪，有七百多頁！再翻開來，字又小又密。這時，我忽然不知從何處生出豪情壯志，對自己許諾：等放暑假時，讓我來好好征服它吧。

我找到一個避暑兼閱讀的好所在——寶覺寺，從家中騎車不過二十多分鐘。我的如意算盤是：吃過早飯後，帶了書，在寺內既高敞又典雅的大殿坐定，開始閱讀。痛快的看一上午精采的故事，然後回家用餐，再舒服的睡個長長的午覺。這將會是多麼愜意的暑假啊。

可是問題來了——我第一天認眞的閱讀了兩個多小時後，赫然發現才不過看了十多頁而已！更糟的是，書中人物太多，幾乎每個人都有特別的外號，搞得我頭昏腦脹。而且彼此之間的關係又是交錯、複雜，害我辨認得眼花撩亂，根本分不清楚。

「慘了！照這種速度，要到哪一年才看得完呢？」

大事不妙，我開始苦惱起來，夾著書在寺內踱來踱去。放假前我已跟幾個同學誇口過，如果就此放棄，這個臉可就丟大了。

我漫步到寺邊側的小屋，有一位塑佛像的師父正在工作。我看了一陣子，他放下工具，用濕布擦去手上的黃泥，點起香煙。

「這本書，眞不簡單哩，你看有嗎？」他瞧著我手上的書，用台語問。

出乎自己意料之外的，一向愛面子的我，竟然會搖搖頭，脫口就說：「太難了，想要放棄……」

「跟我少年時差不多嘛，」他的臉上浮現和善的笑意：「那時候我剛當學徒，師父要我讀熟這部書，我也是看得一粒頭兩粒大，眞痛苦，差一點在半夜逃走哩。好加在，我師父傳我一個『秘方』，」他緩緩的吐一口煙：「就是『化整爲零，各個擊破』——」

他解釋：先從書裡的主要人物中，挑出一位自己最感興趣的，以那人爲主軸，將書中所有與他相關的情節，都全仔細讀過。有了這樣的認識基礎後，再繼續擴張、延伸到其他人，就很容易有條有理的串聯起來了。

我半信半疑，回到原先的座位。「好吧，反正我也沒其他妙方，不妨姑且一試。」

我先選定關公，翻查書前的目次，挑出看來與他有關的部分，一篇篇閱讀——在桃園三結義時，關公出場亮相：「其人身長九尺，髯長二尺；面如重棗，脣若塗脂；丹鳳眼，臥蠶眉，相貌堂堂，威風凜凜……」他的武器是重達八十二斤的青龍偃月刀。

開場沒多久，黃巾賊來犯，關公「舞動大刀，縱馬飛迎，敵首大吃一驚，措手不及，被他砍爲兩段……。」

像這樣，以關公爲主線來串聯其他故事的方式，立刻讓我士氣大振。一方面是焦點集中，可以免除了眾多複雜、糾纏的情節；同時也是此時的我勉強還能跟得上的程度。

我就這樣一路追著關公，看他千里走單騎、過五關斬六將；又看他在華容道放走曹操——「雲長是個義重如山之人，想起當日曹操許多恩義……又見曹軍惶惶，皆欲垂淚，越發心中不忍」，終於還是放他走了……。

我興致高昂的看下去，一直到最後他敗走麥城、遇害，以及英魂不散的顯靈傳說……。

花了兩三星期，我終於把關公的部分大致看過了。接著，我又興致勃勃的，決定下一個目標——諸葛孔明。

「那是當然的啦。」塑佛師父聽了以後這樣說，依然是那和善的笑臉。

多年後的今天，其實我已記不得多少《三國演義》中的情節，倒是寶覺寺的情景偶爾還會在夢中浮現——高而透風的大殿，涼風習習，非常舒服。我倚在藤椅上閱讀，常常不自覺就睡著了。悠悠醒來時，厚厚的《三國演義》掉在地板上，書頁翻開，微風拂動書頁，輕輕作響。

書中的戰鬥仍在持續不輟，而我這局外人，繼續津津有味的看下去。

由於閱讀《三國演義》的美好經驗，使我對於古典名著除去了原本的畏懼心理，因此，在往後幾年的寒暑假時，我陸續讀過了《水滸傳》和《西遊記》。每一本都很厚，都要花很多時間，可說是甘苦交半。但是讀畢時，那種暢快感和成就感，眞是難以形容，或許就像是登上玉山頂峰吧。

這三本各有鮮明的特色，其中的《西遊記》對我別具意義——因爲在我兒子五、六歲時，便是用這本來當他的床邊故事書。上床時間一到，不用別人催促，他自己會快快跳上床，拉好被，開始跟著我一起快快樂樂的，和孫悟空、豬八戒、各地妖魔鬼怪混戰一場……直到他心滿意足的發出酣聲爲止。

不過，在四大才子書中，這裡還缺了《紅樓夢》。其實我從少年時期起，便曾多次下定決心，要好好「征服」這部眾人皆讚不絕口的奇書。但說也奇怪，每次都無疾而終。也許閱讀跟交友很類似——雖然兩人都有共同興趣，也都有意願，但卻是有哪一點因緣尚未俱足，終究還是無法傾心結交。

沒關係，在我的書架上，會一直保留一個專用座位給《紅樓夢》，我也會耐心等待她向我開啓的那一天到來。

06

我在強烈的好奇和驚駭中，飛快的看完。情節是這麼曲折離奇，主角們對於愛情都是這樣奮不顧身的投入，幾乎瘋狂、自毀。每件事都超乎異常的激烈，每個人幾乎都像是歇斯底里般，彷彿生命中除了緊緊追逐愛情之外，別無其他值得追求或獻身的目標。

我被強烈的吸引，覺得非常過癮，但又隱隱感到有什麼不對勁，只是我這時還理不清楚。

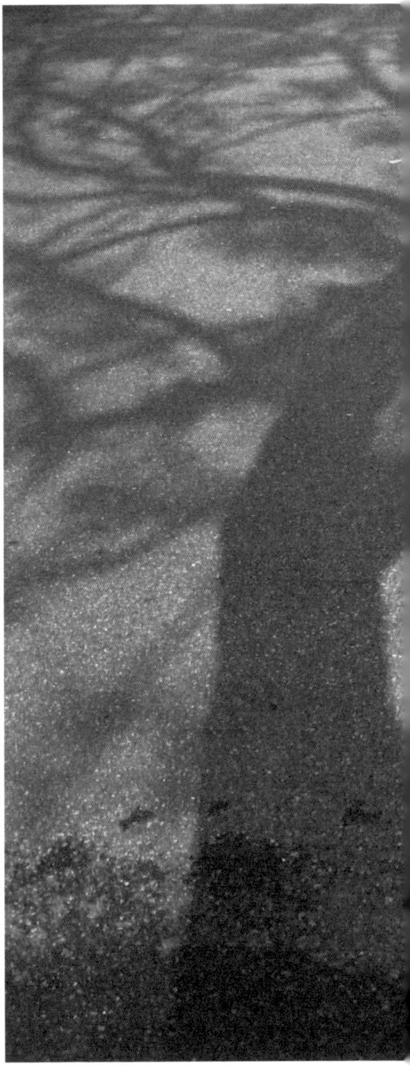

「那小小的臉龐清秀雅致，小小的腰肢楚楚可人，清亮的眼睛裡盈盈的盛滿了不屬於這個時代的寂寞和惶惑……他感到心中掠過一陣奇怪的激盪，不由自主的走近她……」

我正隨手翻看桌上的這本小說，忽然意識到門口似乎有影子一閃。一抬頭，果眞是一個女生正站在門邊遲疑著。我一驚，立刻闔上書，起身往旁邊退，回到後方我的座位。其實，從眼角的餘光，我已辨認出她是哪一位，只是不曉得姓名。

這是在初二時，我和同學們到老師家，補習那最頭痛的理化、數學，每週一次，男女合班。這天我到得早，發現女生那邊的座位上攤開一本小說。見四下無人，我好奇的趨前翻閱——是瓊瑤的《幾度夕陽紅》，書頁中還夾著一片花瓣，已經乾扁成半透明的狀態了。

我正被書中強烈、激動的描述吸引著，還想繼續看下去，不料主人卻出現了。

這天的課，我神思恍惚，完全心不在焉。有時抬頭看看教室上方，以竹子搭成的葡萄棚，枝葉攀爬得滿滿的，小小的綠色果實結得到處都是。我腦中忽然浮現無比清晰的「葡萄棚下」這四字。「這像不像瓊瑤的書名？」我無聲的自言自語，發一陣呆後，忽然又醒轉，繼續回到老師莫名其妙的講解。

下課了，我看著那女生把書收回書包裡，又靜靜的移向門口，消失了。就像在看默片似的。這天我沒跟大夥兒一起去吃每次必要的「便宜意麵」，也不像往常一樣會覺得飢腸轆轆。我獨自走向公園出口處的租書店，租了《幾度夕陽紅》，塞到書包最底層——要是被兄弟或同學們看見，那還得了？

晚上，我把它夾在課本內，遮遮掩掩的看。還好，眾兄弟們不是去補習，要不然就是在聽收音機。即使這樣，我仍然看得心驚肉跳，難以置信——

「她回過頭去，暗夜裡一對深湛的眸子正閃爍著，像兩道黑夜的星光。她全身緊張，而心靈悸動了。血液向她的腦子集中，耳朵裡嗡嗡亂響。用手抓住了一把柳條，她平定了自己，迷迷濛濛的望著對方。」……

我再往下翻——「夜色中，他穿著長衫的影子頎長的聳立著，在晚風的吹拂下，衣袂翩然，月光把許多柳條的影子投射在她的臉上，那樣東一條西一條，有的深，有的淺。他的眼光從那些陰影後直射過來，帶著那樣強烈而奇異的火焰，定定的停駐在自己的臉上。她覺得喉頭逼緊，無法發出任何的聲音。」……

像這樣的描述，連我這從未嘗過愛情滋味的傻蛋，也看得同樣都「無法發出任何的聲音」了。可是還是忍不住要再看繼續看下去——

「何慕天喃喃的喊，走過去，把她的頭壓在自己的胸口，下巴緊貼在她的頭髮上，渾身顫慄的喊：『夢竹，我那麼喜歡妳，那麼愛妳，每一分，每一秒，我都得抑制住在血管中過分奔放的熱情。夢竹，妳不會知道，妳不會瞭解，我愛妳有多麼的深切和狂熱』。」

「我知道，我瞭解。」夢竹仰起頭來，水汪汪的眼睛熱切的望著他，面頰上散佈著一層興奮而激動的紅暈……

我在強烈的好奇和驚駭中，飛快的看完。情節是這麼曲折離奇，主角們對於愛情都是這樣奮不顧身的投入，幾乎瘋狂、自毀。每件事都超乎異常的激烈，每個人幾乎都像是歇斯底里般，彷彿生命中除了緊緊追逐愛情之外，別無其他值得追求或獻身的目標。

他們總是如此激動、絕對，也不肯讓步、妥協，似乎連坐下來好好商量都不願意。而我被強烈的吸引，覺得非常過癮，但又隱隱感到有什麼不對勁，只是我這時還理不清楚。

我才十四歲，對於人世間的一切都還懞懂未知，尤其是「愛情學分」。不過，我已開始被勾引出莫大的好奇心，還想再多看幾本。

我正這樣漫想著，忽然有件事閃進腦中——這些書中人物，為何個個都能輕易的就脫口而出動人的話語？我不由得想起在老師家遇到的那女生，當時我吶吶無言，既尷尬，又手足無措。連最起碼的基本問候都說不出口。唉，那可眞是有著天壤之別呀。

我想起國文老師，他曾批評這些都只是「言情小說」，並不能算是眞正傑出、高明的文學作品。他的話我也聽進去了，只不過其實也還不太懂。

我當然相信老師的評語一定有他的道理，就像是因爲他的大力推薦，我才有機會一窺《三國演義》的奇妙世界。可是，我在《三國演義》這樣的書中，並沒有發現會令我「心跳加速、血脈噴張，甚至可以爲之生爲之死的愛情故事啊」。

當然，我到這時所看過的書真是太少太少了，說不定在其他古典名著中，早就有無數動人的愛情故事在等著我哩。

想到這裡，卻不禁又生出另一個小疑問來了——像瓊瑤作品裡的各種激情描述，就算只是「紙上談兵」，但她卻能夠風靡廣大讀者，想來一定是有著我所不知道的奇特的魅力罷。

我仍然繼續去葡萄棚下補習，繼續胡思亂想，功課當然就繼續毫無起色了。不過，大自然對我們仍然很仁慈——葡萄成熟了，我們幫老師採下來，在大玻璃缸中浸泡成葡萄酒。調皮的我們，會偷偷開來試飲——既辛澀又辣苦，嚥下喉後，會從胸口一直燒到肚子，久久難以忘懷。

愛情的滋味，是不是就像這樣呢？

07

半遮半掩的，翻開小書——我的天哪！這真是我有生以來，看到最多的描述身體性器官和性動作。我腦袋一直轟隆隆作響，全身發燙。匆匆翻過一遍，趕緊收起來，趁兄弟們不在，把這燙手山芋藏進書包最底層。

第二天起得早，再偷偷取出來，想趁上學前複習一遍。——翻著翻著，真奇怪呀，為何昨晚的種種感受都變了呢？

我常常暗自觀察同學們的變化，有些人的身體好像童話故事中甦醒過來的巨人，天天都在擴大；而且那身軀似乎也開始有自己的想法，越來越管束不住。

同學們一個個開始抽長，聲音低沉渾厚，喉結也陸續凸出。言談之間，女生的話題更是明顯的多起來，不時有人會吹噓他的艷遇，大家就一陣搥打笑鬧，彼此都清楚那只是虛張聲勢而已，沒人會當眞。

女生班的教室在二樓，那是我們的禁地，未經允許擅自闖入的話，會受到學校嚴厲的懲罰。因此，時常有人會在樓梯口徘徊，或是傳話、傳紙條，嘻嘻哈哈的眉來眼去一番。

不過，這一切我是沒份的。我仍是又瘦又矮，課業成績中等，作文和繪畫雖然不錯，可是很少會被老師選出去參加比賽。每天對著鏡子時，連我自己對都實在看不出有什麼特別的魅力。

有一天，聽同學說他哥哥有一本好看的「小本」，書名是《性史》，雖只是有文無圖，但還是刺激極了。可惜他哥哥無論如何就是不肯外借，只透露是在公園邊的那個書攤上買到的。

同學們起鬨要買，每個人卻都推三推四，最後竟落到我頭上來。我一向膽小、怕出鋒頭，最大的弱點就是禁不起激將法。就在眾人慫恿之下，竟然一口答應了。吃過晚飯後，找個藉口出門，騎腳踏車到了公園側門邊，我忽然勇氣全消。在外頭繞了又繞，一直想要放棄。但是一想到明天必須面對那些譏諷嘲笑的臉，不得不還是逼自己停車，走進窄小的書攤。

——在半空中，有一個懸吊的燈泡，隨著夜風輕輕搖擺，燈影也隨之不停晃動。

有一人站在木板檯台子邊，臉型瘦削，正盯著我，不發一語。我打起精神，專心瀏覽檯面——見不到我要的書名。我再認真的慢慢看一遍，還是一樣。「難道我被戲弄了嗎？」我在心裡暗自嘀咕著，開始後悔這趟冒險。每次一聽到外面有腳步聲或說話聲，我的心都會爲忍不住悸動。還好一直沒有別的顧客進來。

這時，我忽然想起同學曾叮囑過要用問的。於是我鼓起勇氣開口：「老闆，有沒有——」我話還未完，那人突然伸手將檯面掀高一些，另一手往台底伸入，立刻又抽出，「啪！」一聲，一本黑皮書甩在我面前，立刻又快快將檯面放下。

慌亂困窘的我，這時就像是被什麼附身一般，不由自主的，把口袋中的紙鈔和硬幣全抓出來，伸向他，然後怔怔的看著手上的錢被取走一些。他仍然一語不發，保持原先的姿勢站著，燈泡的光也照樣輕微的晃搖著。

驚魂未定的我，默默的，把這本比手掌稍大的黑皮書塞進右後方褲袋，走出去，騎上腳踏車。夜風比先前要強多了，我一陣哆嗦，忽然覺得很冷，趕緊拉上衣服拉鍊。奇怪的是，一路上感覺到右後方的褲袋火燙得很。路上行人非常稀少，但我總覺得好像每個人都一直在緊緊盯著我瞧，隨時都會有人蹦出來抓我。

終於回到家，我把它夾在生物課本中，端坐書桌前，假裝正在用功，一面留神是否有別人靠近。

半遮半掩的，翻開小書——我的天哪！這眞是我有生以來，看到最多的描述身體性器官和性動作。我腦袋一直轟隆隆作響，全身發燙。匆匆翻過一遍，趕緊收起來，趁兄弟們不在，把這燙手山芋藏進書包最底層。

第二天起得早，再偷偷取出來，想趁上學前複習一遍。——翻著翻著，眞奇怪呀，爲何昨晚的種種感受都變了呢？同樣的字眼，同樣的動作和聲音描述，第二遍看起來卻大大的退去原先的魅力。怎麼搞的？我完全不明白。

倒是帶到班上後，仍然引起大騷動，眾人爭先恐後的搶排閱讀次序。這本書在班上流傳許久，後來聽說又流到別班去，然後失去蹤影。有一次，聽說老師要來搜查，我嚇出一身冷汗，趕緊向各人追問，卻無人知道最後的下落。

之後，有人帶來另一本「好看的」，有幾張圖片，雖然是黑白的，一樣引起騷動。原先那本從此便不知下落了。

我在日記中這樣寫：「想像永遠比眞實迷人。」

一直要到民國九十四年，我才在誠品書店看到「大辣」正式出版此書，距離最早的原版，已經快一百年了。這新版又厚又大，紙張和印刷都相當講究，跟我當年買的盜版眞是不可同日而語。

經過四十多年後的此時，我才從這新版的介紹中，解開了這部驚世奇書的身世——原來，民國十五年時，北京大學哲學教授張競生認爲「性以及與性有關的風俗等，也應該列入研究之列」，因此在北京的報紙上刊登廣告，徵集各人的性經驗稿件，然後集結出版了《性史》這本書。

他原本是以嚴肅的學術研究角度來進行這件事，不料在民國初年的保守氣氛中，這本書被視爲洪水猛獸，是傷風敗俗的誨淫之書，警察出動到各地書店取締、沒收。而被稱爲「性博士」的張競生本人，也同樣遭到各方嚴厲的抨擊，不得不停止其他續集的出版計畫。甚至於當他受邀去杭州講學時，還曾被警方以「性宣傳罪」驅逐出境哩……。

我看著嶄新的《性史》，想起當年那本又小、又薄，紙張和印刷都非常寒酸的小書，不禁感到有些啼笑皆非，也爲我那群同學覺得抱歉。

不過，看看這亮麗的新版，還是必須用收縮膠膜封住，看來，就算經過百年時光，這世間倒也沒改變多少嘛。

至於我呢，在書店拿起這新版《性史》時，下意識還是會用眼角留心身邊，看看是不是有女性讀者，想要避一避。

「嘻嘻，原來你也還是跟當年差不多嘛！」

我聽到有個聲音這麼笑著說。這回，我不用轉頭，就知道是誰。那個正在變嗓期的聲音，曾經多麼熟悉啊。

08

一邊讀這本書，一邊隱約感覺到內心似乎也正在變化著。有一種抑制不住的強烈渴求，經由這本書的召喚而甦醒過來——我也很想跟吉辛一樣，細心的去接觸，去體驗，在日常生活以及大自然中的各種美；跟他一樣，永遠懷著感恩、恬淡而知足的心，品嘗生活中的一切滋味。雖然我還不知道要怎樣開始，但一點也不擔心……。

「最後一趟路走完時，我便坐在一張椅子上流著汗，發著痛，癱軟無力，卻非常高興……」

一路緊緊跟隨作者吉辛四處奔走的我，到這時也跟他同樣開心，終於可以鬆一口氣了——只不過我沒椅子可坐，因為我正站在一家小書屋門邊，翻著一本奇特的書。由於已經站了好一陣子，開始覺得腰痛和腳痠了。

這家小書屋有個怪名字：「汗牛書屋」，展售的書並不多，擺設也很隨意。相對於附近另一家歷史悠久的大書店，它真的很不起眼。不過，每回我騎車經過，總是會忍不住要進去瞧瞧。也許就因為那種不修邊幅般的隨性作風，讓書痴們覺得比較自在吧。

正面臨高中聯考巨大壓力的我，不時會從參考書的束縛中脫逃出來，在這家怪名字書店裡躲一躲。這次，我手上的書有個詩意的書名：《四季隨筆》，我順手翻翻，沒想到一看就再也放不下了。

把我吸引住的這段情節，是作者在舊書店遇到一部非常中意的名著，可是身上的錢不夠，於是他先跟書商談好，讓他回去取錢，再來搬書——那可是沉甸甸的大部頭巨著哩。視書如命的吉辛，就這樣一個人來來回回奔波多趟，最後，終於全都搬回住處。他抱著心愛的書，一切的辛苦都在剎那間消失無蹤——

「我不記得是哪一季，是什麼天氣，我買這部書的快樂把其他的思想全驅逐了……」

讀到這裡，我把書闔上，走到櫃檯付錢。

「這傢伙，簡直比我還瘋狂嘛！」我邊想著，不由得想要趕快帶著書回家，瞧瞧這個「書瘋子」到底有什麼魅力。

這位英國作家吉辛，是那樣平凡、樸素又和善，就像到處可見的鄰家的叔叔一樣。

他非常喜歡植物，「偉大的藝術家大自然，在眾目睽睽下創造普通的野花；即使我們說是最普通的野草，人類的語言中也沒有字可以表現它的奇妙和可愛，但是這些是在每個過路人的眼前創造的。」

吉辛興致勃勃的，盡情體驗日常生活中各式各樣的美——春天時，欣賞「清晨的微風中，有樹枝的沙沙聲響，有出著太陽的暴風雨吹打窗子的音樂；有鳥的歌。我醒臥著的時候，傳來最早的雲雀的最初聲……」

他感嘆著說：「在任何有陽光的春天早晨，有多少人覺得自己心平氣和，能夠盡興享受天上地下的偉觀呢？」

到了夏季，「星期日早晨，在美麗的大地上，閃耀著今夏以來使我們歡快的最純淨、最柔和的天空。我的窗子大開著，我看到園裡的葉和花上太陽的閃光；我聽到慣向我唱歌的鳥；在我簷下住家的燕，時時默默地急飛過去……。」

至於秋日呢，他時常會想起過去讀過的好書，便提早起床，把書找出來再讀一遍：「這種書幫助我們忘卻周圍隨處都有的無聊，或毒意的閒談，並且教我們對於『有這樣的好人在其中的世界』懷著希望。」

在最讓人們頭痛的冬季，當冬暴風夾著雨雲、霧沫吹來時，他會這樣想：「沒有『壞天氣』這回事，每樣的天空都有它的美。」這時，在家中的他會特別欣慰，「感到在全英格蘭，再沒比我坐在其中的這一間更爲舒服的屋子了。」

十五歲的我，一邊讀這本書，一邊隱約感覺到內心似乎也正在變化著。那並不是身體上的，而是在更深層的某一處，有一種抑制不住的強烈渴求，經由這本書的召喚而甦醒過來——我也很想跟吉辛一樣，細心的去接觸，去體驗，在日常生活以及大自然中的各種美；跟他一樣，永遠懷著感恩、恬淡而知足的心，品嘗生活中的一切滋味。

雖然我還不知道要怎樣開始，但一點也不擔心，因為我有吉辛這位現成的好師父。

這時的中學課程，大都只是為了升學考試而設計，學生很少有機會能走出教室或校園，去仔細觀察身邊的一草一木，耐心的去體會大自然的千變萬化之美。即使有美術課和勞作課，多半也只是應付了事，一接近考期，便被挪用為補課用途了。

在這樣的制度和風氣影響之下，我和同學們很少有機會，也不被鼓勵去接觸、體驗生活中的各種美。本來，這是生命中最敏感、最好奇，而且吸收力最強盛的階段，可惜卻白白的錯過了。

比起來，我的運氣眞好，無意中遇見吉辛這位師父，帶領我一步跨進「生活藝術」這個奇妙無窮的世界，讓我在其中遨遊、享受，終生受用不盡。

在離開十五歲很多很多年之後，我讀到新版的《四季隨筆》，發現原先的譯者補寫了一篇長序，對於吉辛的生平和作品做了相當詳細的解說——我直到這時，才恍然大悟：吉辛在《四季隨筆》中那些生活的記述，原來大都只是他的想像與嚮往而已！現實生活中的他，一直是貧困、潦倒，過得非常不順遂。其實，連書中那些極其樸素無華的生活，他都是無緣享受的。當我在書店明白了這個眞相時，忍不住一陣悲涼。

就在這剎那間，我彷彿又回到了台中那家小書屋——那個剃著大光頭的初三少年，仍然倚在門邊，一動也不動的，沉醉在手中的《四季隨筆》裡。

我回想起吉辛一生的悲苦命運，又惦念眼前這少年的心情，不由得躊躇起來……。

09

我開始學著用一種嶄新的眼光和態度，在台中的大街小巷巡遊。慢慢走，敞開所有感官，細細的體驗。彷彿新生兒初次張開了眼睛，看見了柳川、綠川，看見公園和大樹，也看見街道旁拍賣香蕉、芒果的流動攤販……。

這裡，就是我的荒原。

一考完高中聯考，我立刻把自己埋在租書店裡，幾乎無日無夜的大看小說。像瓊瑤的《六個夢》、郭良惠的《心鎖》、禹其民的《籃球情人夢》等等。只要書名特別一點的，我都在店裡的矮凳子上看個沒完。就像是飢渴很久的災民，什麼食物都不計較，全部狼吞虎嚥下肚。

這樣過了一陣子，我卻感到越來越強烈的不滿足。

這天，租書店老闆突然喚住我，遞過來一本書：「同學，這本很好看哦。」他有著濃烈的外省口音，應該是退伍軍人吧。我看看書名：《荒原》。「什麼鬼書名啊？」我心中嘀咕著。再看作者：司馬中原？這姓名更怪了，根本沒聽過。

老闆說：「你可以先帶回去，不好看不要錢。」我詫異的看看老闆，他微笑著，眼神中有一抹耐人尋味的光。

我抱著「反正可以免費」的心情回家，輕鬆的翻開來——結果中飯忘了吃，一整個下午也一直死守在書桌邊不想離開。直到一泡尿憋到膀胱瀕臨爆炸邊緣，才急急衝去廁所。接著又奔回荒原裡，像是著魔般，繼續讀到深夜。還沒完哩，這一夜，夢裡翻來覆去，全是書中的人物、情節、場景，糾纏不斷。

天剛濛濛亮，我立刻帶著書飛車去敲門。睡眼惺忪的老闆來開門，一見是我，睡意立刻褪掉大半，換上「怎麼樣，早就被我料到了吧？」的得意表情。

「還有沒有這個作者其他的書？」我急著問。

他慢條斯理的燒開水、泡茶，一邊回答：「有一本新書，叫做《狂風沙》，我已經向出版社訂書了，下個禮拜會來——」

「我要！先給我哦！」我急著插嘴。

「同學啊，」老闆滿眼都是笑意：「我可是要先警告你哦，聽說這部新書是兩，大，本，有，一，千，多，頁，喲！」他拉長聲音笑著說。

在清晨的涼風中，我往回家的方向騎，心中浮現一種非常罕有的滋味。我一時還無法清楚辨明那究竟是什麼，只覺得滿滿的，飽飽的。

繼續又騎了一段路，我突然恍然大悟——「啊，原來眞正的富有和滿足的滋味，就是這樣啊！」我狂喜得想要大喊大叫，把腳踏車踩得極快，我覺得我可以飛。

我無意中所闖入的「荒原」，長久以來一直靜靜的，躺臥在大陸洪澤湖畔。湖岸人們的生活，就跟歷代各地的百姓一樣：耕耘、紡織、捕魚……。同樣的，自古至今，它也遭逢不計其數的戰亂、荒旱，以及各種磨難。

民國二十九年冬天，東洋鬼子來了，沿著公路一路燒、殺過來。接著，八路軍也出現了，個個赤著腳板，像天上落下來的惡鬼。跟著，還有馬賊和土匪；然後，連瘟疫和癘疫也起來了……。

這時的荒原，「城裡豎鬼旗，鄉角住八路，眞空地上土匪橫行，老中央退了，眼也閉了！」

人們只能求助神明：「火神爺，睜睜眼罷，瞧瞧人間亂到什麼樣兒啦？您怎麼不放把火，燒盡那些邪魔？」

就在這時，有一個高大的奇怪漢子，牽著一匹高大的白馬出現了。他穿著單薄的灰軍裝，一年到頭把命吊在槍口上。這條命，已經死過十七八回了。他那張臉，鼻子和眼睛分不清，全是疤痕和筋肉突起的痂結，好像一隻變了形的南瓜。

他對鄉人說：「我是站著一個人，睡著一個人，生死一陣煙，不在意的。」

然而，就因爲這漢子的出現，荒原的一切開始逐漸改變了——那個時常偷賣軍火、槍枝，不知有多少人死在他槍口上的土匪刀疤劉五，便被他親自抓到，交給集上一大群冤苦主處理。

接著，那個殺人不眨眼的鬼子頭兒杉胛，也被他奪了馬，又廢了一隻胳臂。

還有，那個窮兇惡極、專們短路劫財的「攔路虎」陳坤，同樣也被他一槍錐中小腿……。

這時，北地逃難的人群，就像烏鴉群般，黑壓壓湧了過來。鄉人都想要跟這漢子拉隊伍，一起去好好大幹一場。

荒原即將會有翻天覆地的大改變了……。

看完《荒原》，我一方面被作者那濃稠、感情極深的筆法吸引，更被書中各種人物、事件和場景強烈震撼住。闔上書後，依然還在那片廣大的荒原之中留連，久久難以脫身，或者應該說是捨不得離開。

腦海中，仍然迴繞著一幕幕難忘的場景。強烈吸引我的，還有那些迴異於台灣的各種風土民情，以及鄉野傳說——例如綠色的鬼火，光灼灼的隨風亂滾，你若停住腳，它就繞著你轉。還有，死掉的家畜若直接就埋到土裡的話，會變成嚇人的魅物，人一遇到，會覺得天旋地轉，常常就被嚇死了。另外，會在月下搬家的狼，一條跟著一條走……。

我也很好奇的，在紙上抄錄那些奇特的綽號：小癩痢、雷駝子、發財叔、喬鐵匠、老貨郎施大、旱匪趙四痲子、朱小閻王、老癩子、六指兒貴隆、馬賊盧大胖子、刀疤劉五、歪胡癩兒、稀痲臉、何豁嘴、油工扁頭……。

我想起學校老師們和同學們的綽號，靈機一動，同樣謄錄出來，跟這些來自遙遠異鄉的綽號並排對照。對來對去，不知不覺有一種極爲奇妙的感觸，從脊椎下方往上竄升。我暗暗的想著：「難道，這就是所謂「天涯若比鄰」的意思嗎？」

我一直記得《荒原》帶給我的震撼，特別是見到書中人們對於自己鄉土的那份濃烈情感，使我不禁開始思考：「我自己的鄉土呢？」

我開始學著用一種嶄新的眼光和態度，在台中的大街小巷巡遊。慢慢走，敞開所有感官，細細的體驗。彷彿新生兒初次張開了眼睛，看見了柳川、綠川，看見公園和大樹，也看見街道旁拍賣香蕉、芒果的流動攤販……。

這裡，就是我的「荒原」。

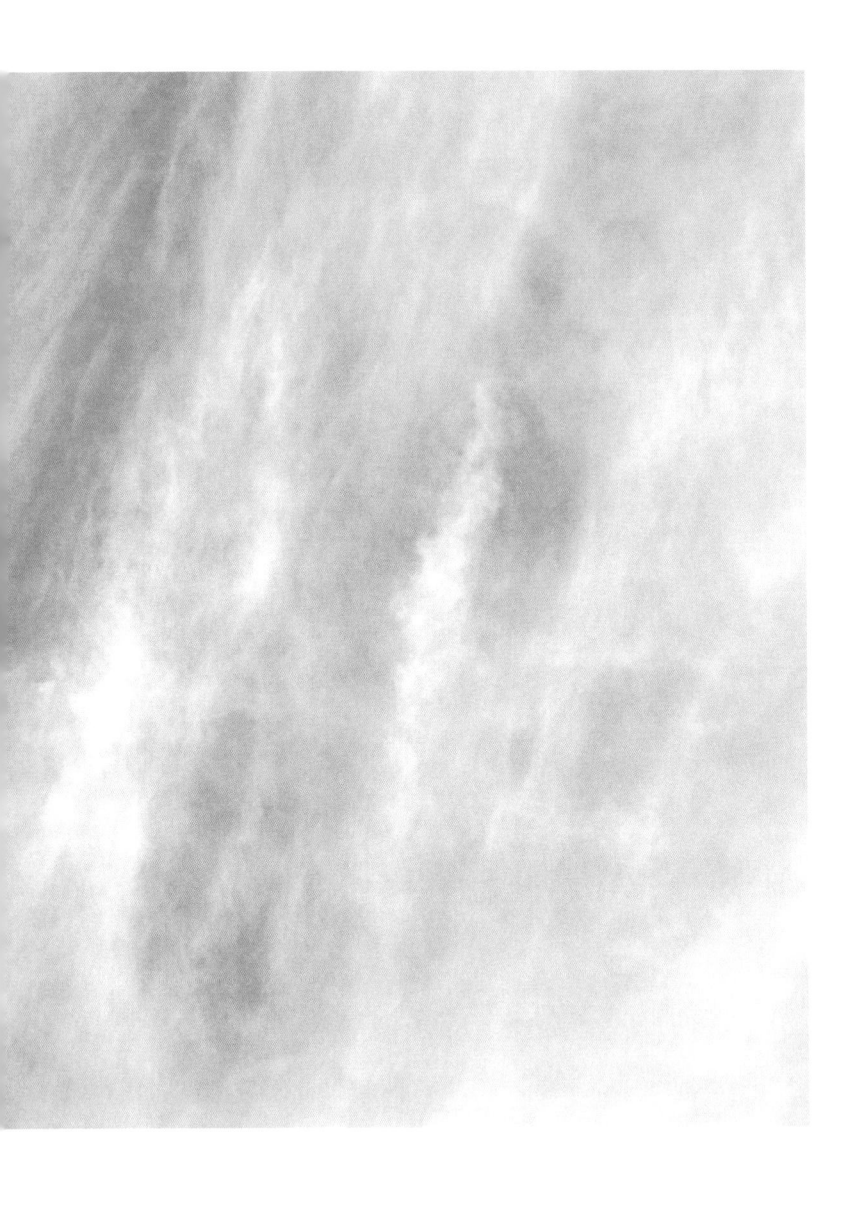

10

雨越下越大，我還是照著平常的速度，騎著平日的道路——突然，我好像被附身一般，在雨中大聲朗誦起來——

「我打江南走過／那等待在季節裡的容顏如蓮花的開落／東風不來／三月的柳絮不飛／你底心如小小的寂寞的城／恰若青石的街道向晚……」

雨越下越大，我全身都溼透了。更加快速度衝過平交道，在火車巨大的轟隆聲裡，乾脆更放肆的大聲吼出：「我達達的馬蹄是美麗的錯誤，我不是歸人，是個過客……」

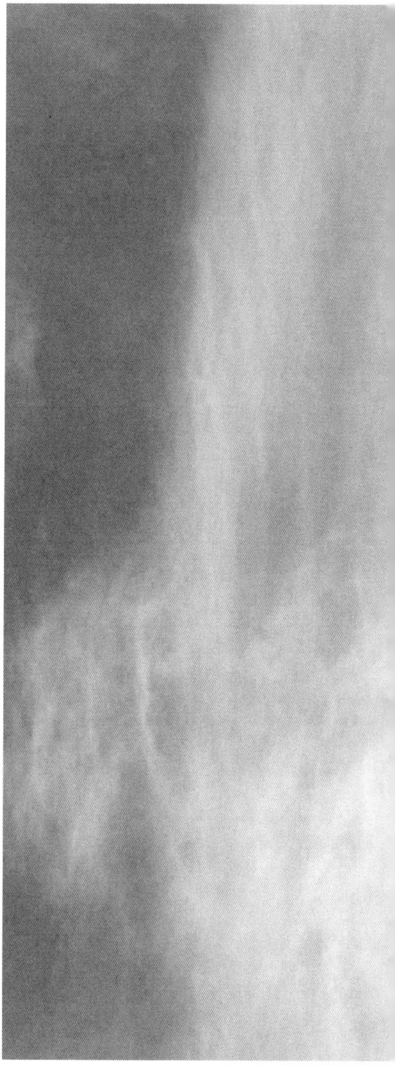

那只是一本非常普通的中學作業簿，靜靜攤開在我眼前的桌上。可是，就在我剛剛翻開來閱讀的瞬間，它彷彿開始放射出令我無法逼視的光芒來。

「多麼奇特的事啊！」我一邊驚嘆著，一邊繼續讀下去。

高中聯考放榜，我跟省中、市中都無緣，差勁的成績只能進一間私立的。

媽媽一直叨唸著我是因爲看太多閒書，才會考不好；又聽說那間學校大都是外省籍學生，很擔心我會難以適應。我自己倒是沒什麼特別感覺，在開學前這個空檔，幾乎天天抱著籃球去附近的中一中球場，想要趁暑假多長高一點。

這天，有個高三生過來跟我對打一陣。他要考大學，每天都會回到學校教室用功。

「你讀不讀現代詩？」休息時，他問。我搖搖頭，乾脆老實承認：「根本看不懂啊。」

他瞪大眼睛，好像突然看見外太空怪物一般：「那麼，你到現在爲止的生命，全都是白活了。」

說完，他要我等一下，起身就往教室走去。我訕訕然呆坐著，不知道要不要相信他的評語，又隱隱然覺得好像有道理。

他回來了，帶著一本學生作業簿，對我只說一句：「看完一定要記得還我喲！」，轉身回教室去。

我看看封面有幾個大字：「鄭愁予詩選。」好奇的帶著它走到大榕樹下，翻開來——「百年前英雄繫馬的地方／百年前壯士磨劍的地方／這兒我黯然地卸了鞍／歷史的鎖啊沒有鑰匙／我的行囊也沒有劍／要一個鏗鏘的夢吧／趁夜色／我傳下悲戚的「將軍令」／自琴弦……」

工整的鋼筆字，就像是超時空旅行器一般，立刻把我吸引入一個古代的情境，眼前不再是亞熱帶的烈日與濃密的榕樹、大王椰子陰影，而我正在月下的殘破的戰堡邊踽踽獨行……。

我忽然感到頭皮一陣發麻，全身不由自主的震顫。回家後，趕著把全本都抄完。可是這樣更慘了，我所抄過的詩句，開始在腦中飛繞、旋轉——「是誰傳下這詩人的行業/黃昏裡掛起一盞燈/有松火低歌的地方啊/有燒酒羊肉的地方啊/有人交換著流浪的方向」……

我整夜翻來覆去，一遍遍吟誦。對著這樣的詩，感覺再多說什麼都是多餘的。而我，覺得從這一夜後，生命好像開始不一樣了。嗯，那高中生說得可眞對。

熬到天亮，我早早就去學校等候。他嚇一跳，很開心的帶我到教室，大談現代詩。他一邊講，一邊在紙上寫出一個個詩人的大名：瘂弦、余光中、葉珊、洛夫……等等。我這個才剛剛在詩的門口探頭探腦的門外漢，當然完全沒聽過。他滔滔不絕的談了一上午，渾然忘卻他的聯考。最後，他告訴我，以後有機會去台北時，要記得去一個專門賣詩集的攤子，就在一家叫做「明星咖啡屋」的門口。「那是我們愛詩人一定要去取經的聖地哦。」他笑著說。

在我高一的新同學中，也有一位視詩如命。第一次國文作文課，他就用現代詩的寫法交卷。沒想到，國文老師大為震怒，不但罵了他一頓，還把作文簿當場甩到地上。

這天我一直覺得不解和鬱悶。放學後，獨自騎著腳踏車回家。忽然下起每日午後常有的西北雨——我雖帶有雨衣，但這時我完全不想遮避。雨越下越大，我還是照著平常的速度，騎著平日的道路——突然，我好像被附身一般，在雨中大聲朗誦起來——

「我打江南走過／那等待在季節裡的容顏如蓮花的開落／東風不來／三月的柳絮不飛／你底心如小小的寂寞的城／恰若青石的街道向晚……」

雨越下越大，我全身都溼透了。更加快速度衝過平交道，在火車巨大的轟隆聲裡，乾脆更放肆的大聲吼出：「我達達的馬蹄是美麗的錯誤，我不是歸人，是個過客……」

回到家，全身溼透，好像剛從游泳池爬上來一般，果然被媽媽罵了一頓。我躲進浴室沖洗，還是繼續放聲吟誦：「念此際你已回到濱河的家居，想你在梳理長髮或是整理濕了的外衣，而我風雨的歸程還正長——」

媽媽用力敲門：「趕快洗！不要再唸經啦！」我噤聲，悄悄的補一句：「哎，這世界，怕黑暗已眞的成形了……」

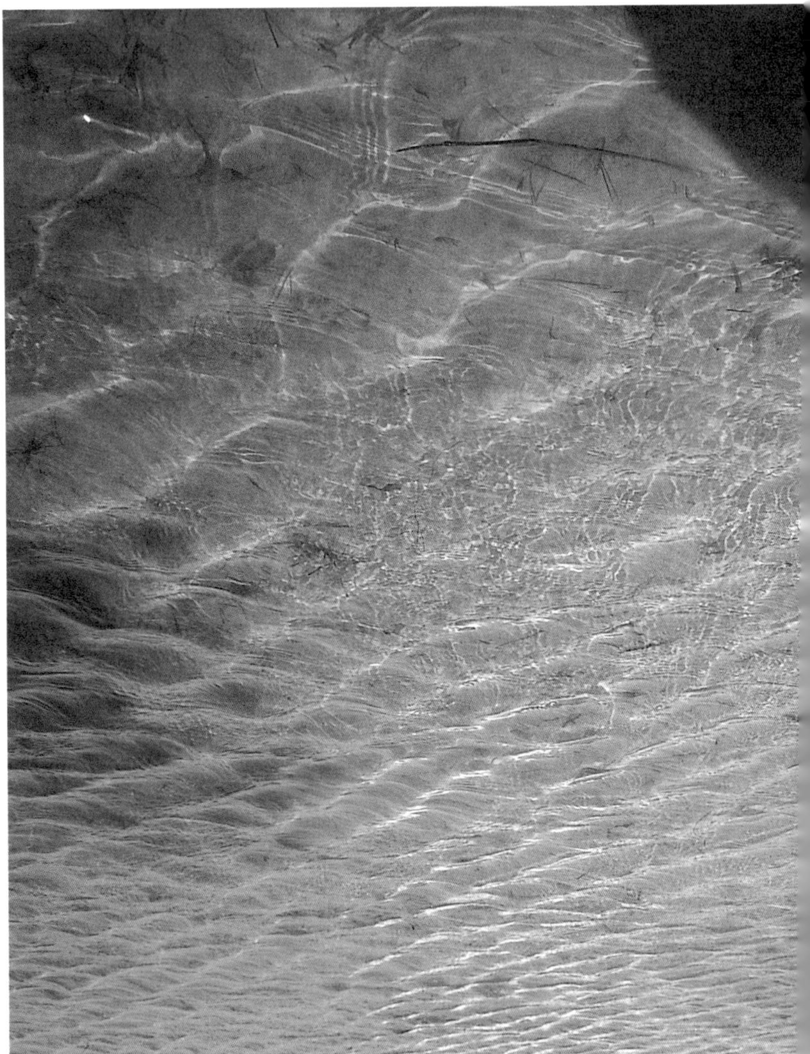

II

一位將軍率領弟兄們退到江邊的岩石上，子彈已經用盡，他嘆口氣，舉槍自殺。我清清楚楚的，聽見那最後的一聲槍響……。水聲嘩嘩不絕，裡面夾著我的嗚咽。

過去我所上過的歷史課，完全沒有一個字提到這一段；我所認識的長輩中，也從來都沒有任何人曾經提起過這些人、這些事。

我的心情激越、澎湃，難以平復。不行，我一定得跟人談談這本書不可。

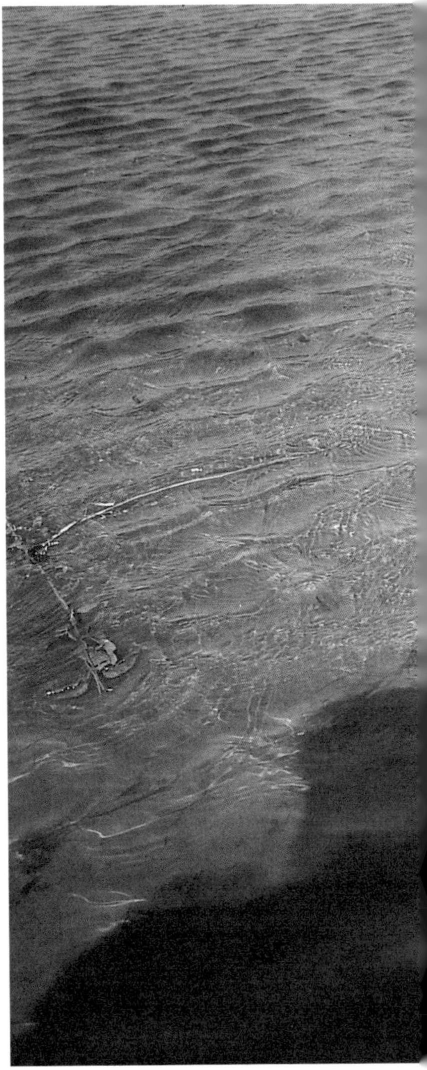

「如果我戰死，我的兒女長大成人之後，也將會在書中認識他們的父親。一燈如豆，舉頭遙望，月光皎潔，先生，啊，再見……」

我輕輕闔上手中的《異域》，眼淚早已忍不住流下來。這還是我有生以來，第一次因一本書而落淚。我抹去淚水，呆呆的坐在書桌前，久久不能動彈。

會看到這本薄而奇特的書，過程有點特別。

這時我三哥正就讀中一中，我在翻閱他的校刊時，見到有一篇學生寫的短文，引起我的注意。文中提起這本書跟滇緬地區的游擊隊有關還特別強調是禁書——我忽然靈機一動：「如果眞是禁書，爲何這學生會對內容如數家珍呢？」

於是我慫恿三哥去學校圖書館借借看——沒想到眞的有，而且竟然還可以借閱！我捧著書，心想：「中一中眞是有歷史的名校啊，一向傳說校風較爲開放，果然名不虛傳。」

《異域》作者是鄧克保——書上說這是假名，是已經戰死的亡友名字。作者在民國三十八年共產黨席捲全中國後，繼續跟著一支不死心的軍隊，轉移到中緬邊境打游擊。他以沉痛的心情，寫下親身經歷的大小戰役……。

我在家中燈下翻開書，立刻陷入一場從未體驗過的巨大震撼！彷彿我也正置身於那個充滿毒蛇、猛虎、螞蝗、毒蚊、瘧疾和瘴氣的恐怖世界。

我緊緊跟著這支不願投降的「孤軍」，從昆明一路撤退到中緬邊區，在這塊比台灣大三倍的土地上建立基地，以游擊戰的方式，繼續和共產黨展開生死搏鬥。

我目睹他們大部分沒有鞋子，身染疾病，一發作就只能躺下哀嚎。我也緊緊跟著他們，爬不完的山，越不完的嶺。我看到糧食恐慌，更可怕的是沒有飲水，婦女和孩子邊哭邊往前移動，母親們用舌尖舐著孩子枯焦的嘴唇，或用淚水來濕潤……。

當最要緊的鐵橋被共軍炸毀時，六萬大軍在江邊痛哭，哭聲震動山野。我還看到一位位將領被俘虜，或是懸白旗投降。

還有，一位將軍率領弟兄們退到江邊的岩石上，子彈已經用盡，他嘆口氣，舉槍自殺。我清清楚楚的，聽見那最後的一聲槍響……。水聲嘩嘩不絕，裡面夾著我的嗚咽。

過去我所上過的歷史課，完全沒有一個字提到這一段；我所認識的長輩中，也從來都沒有任何人曾經提起過這些人、這些事。

我的心情激越、澎湃，難以平復。不行，我一定得跟別人談談這本書不可。

我把書藏在書包底層，帶到學校，有兩位外省籍同學立刻借回去。第二天還書時，是用報紙包著給我。我看他們神色如常，好像書中所描述的情節不足爲奇。當我試著談起國共戰爭的種種，他們也都相當熟稔。相較之下，我簡直像幼稚園程度而已。我猜想，也許他們的父母歷經戰亂，所以會不時談起，並且再三的耳提面命吧。

最令我震驚的，卻是在接下來的對話——當我談起書中那段「作者被苦刑拷打」的情節——行刑的人並沒有洋洋得意，反而卻是表現出同情和痛苦的表情。這時，我感慨的說：「可見就算是再狠毒、無情的人，他的內心裡面，還是有著不忍之心。這就是人類的善良天性——」

我還未講完，他們倆同時都顯現極爲驚駭的神情。

「你眞是太幼稚了吧？難道你看不出來那都是在表演嗎？」

「這一套是共產黨最拿手的，看，你果然就上當了。」

兩人你一言我一語。我不相信，立刻把書翻開查對。沒有錯，確是如此。這下子換我大吃一驚了。

在回家的途中，我簡直就像是喝醉般，恍恍惚惚的，腦中浮現「如雷灌頂」這句成語。

我反覆想著：「我平常看書的習慣是不是太急、太快？所以會因此漏掉了很多要點？還有，從小到大，太過於單純的成長背景與生活經驗，是不是因而使我對於戰爭、政治、鬥爭等等的敏感，遠遠比不上外省籍同學呢？」

我有如虛脫一般，無力的踩著腳踏車，往家的方向騎。踩著踩著，從來沒像這時那樣，感覺雙腿特別軟弱無力，而家還在好遠好遠的地方。

《異域》這本書深深的鏤刻在我的腦海中，經過多年仍是難以忘懷。有人告訴我，眞正的作者就是著名的雜文作家柏楊。我大吃一驚，無法相信，因爲兩者的文筆風格實在相去太遠了。

民國八十五年，《柏楊回憶錄》出版，證實他就是《異域》的作者——當年是由一位記者每天訪問一、二位從泰國北部撤退到台灣的「孤軍」，然後由柏楊撰寫，在報紙上連載。就這樣，完成了這部台灣史上最震撼人心的報導文學作品。

當時無數的讀者對著報紙痛哭流涕，而作者柏楊自己呢？他的下場，竟然比他筆下的孤軍們還要更慘——原來他先前長期在報紙的專欄上，以犀利、毫不留情的雜文，對於當時的社會現象提出嚴厲的抨擊。在戒嚴時代，這樣做正是犯了大忌。加上他所翻譯的一則漫畫，被認爲「挑撥政府與人民之間的感情，打擊最高領導中心」，於是，他被迫離開報社的工作，甚至被安上各種奇怪的罪名，判處有期徒刑十二年。期滿後，他卻仍繼續被軟禁在綠島。經過各方的援助和國際的拯救攻勢，最後才終於讓他回到台灣。

而這時，他所面對的，卻是家破人亡的困境。幸好，他也有著歷經風浪依然不離不棄的珍貴親情和友情，繼續支持他去完成更艱鉅的其他作品……。

12

或許是因為它完全不像我看過的美國西部片那樣，強調的是激烈、刺激的槍戰，而是非常平實的，一點一滴描繪普通人的生活。這一點感動了我——因為我正是出生在巨木高聳參天的宜蘭太平山林場。在我的血液中，或許跟《林海》的大樹相同：堅持不肯失去那種桀驁不馴的野氣罷。

就因為《林海》給我的印象實在太深刻了，我突然異想天開，想跟爸爸一樣，將來也進森林工作。

「你最近看了哪些書？」

在台中美國新聞處的書架旁，老師以好奇而鼓勵的表情這樣問我。

「老人與海、湯姆歷險記、林海……」我一一點數著。

老師邊聽，邊跟我對談這幾本書中印象深刻的情節。然後，她點點頭，輕拍我的肩，轉身走進辦公室。

在我記憶中，自小學到高一下學期這時，所有曾經教過我的老師之中，她是唯一曾經這樣問過，並且會跟我討論書內容的老師。她本來是我高一班上的英文老師兼導師，剛從大學畢業不久，上起課來很熱情、積極。只是由於要出國進修，所以在下學期就辭去教職，先到美新處來工作、增加經驗。我也是因她的推介，才發現美新處這個書的世界。

這間圖書館雖不算大，但是佈置很新穎、方便。我最開心的是開架的藏書，我可以一本本抽出來瀏覽，即使不閱讀，翻一翻也能有大略的印象。而且，每一本都是嶄新的，有著好聞的氣味。

我常常忍不住邊看書邊這樣感嘆著：「眞是幸福的閱讀環境啊！」

我在這裡見到的世界名著不少，不過奇怪的是，我印象最深的，卻是一本薄薄小小的《林海》。

當我第一次翻開來，看到這一段：「他們所俯視的卻是黑鬱鬱的無垠原野。那是稠密的樹梢形成的林海，只有一條無名河流經過的地方露出空隙……」我立刻就被吸引住了。

繼續再往下翻：「無論她走到什麼地方，樹總像一大群黑壓壓的野獸包圍著她。活著的一棵樹越長越高，死樹的粗樹樁則東倒西歪地躺在地上，腐朽著。……」

我不由自主的，一直看下去：「這裡的樹都是野的。連在白天，你都覺得有東西在窺伺你。你在林裡走時，它會像狐狸那樣狡猾，像蕭文尼紅番那樣不聲不響地跟著你……。」

一直到看完《林海》全書，我才發現原來是三部曲，我手上這本只是第一部。於是我繼續把《田野》與《城鎮》一併都讀了。

故事背景是十八世紀的美國，少女賽娥全家跟隨西部拓荒的熱潮，勇敢進入這個「連一絲陽光也沒有的黑森林」。他們一路經歷了野獸突襲的威脅，以及家人陸續失蹤、過世、離家出走、出嫁……等等考驗。但賽娥仍然堅持著，一直強韌無比的活下去，跟林海中的參天巨木一樣，不肯輕易屈服。

這部西部墾拓的小說，爲何會如此吸引十六歲的我呢？

或許是因爲它完全不像我看過的美國西部片那樣，強調的是激烈、刺激的槍戰，而是非常平實的，一點一滴描繪普通人的生活。這一點感動了我——因爲我正是出生在巨木高聳參天的宜蘭太平山林場。在我的血液中，或許跟《林海》的大樹相同：堅持不肯失去那種桀驁不馴的野氣罷。

這時，我已經在台中住了六年了。我常常獨自騎著腳踏車，在大街小巷自由體驗，越來越喜愛台中氣候之溫和、舒適，也越能欣賞街道細緻的風情之美。

只可惜，由於父親職位的調動，我們必須舉家遷往台北。而我在參加轉學考之前，還得先決定高二的選組。我的興趣一向是在文學，當然應該選文組。不過，就因爲《林海》給我的印象實在太深刻了，我突然異想天開，想跟爸爸一樣，將來也進森林工作。那麼，就應該要選理組了。

我猶豫不決，寫信問正在台北讀大學的二哥。他回信說贊成選理組，因爲照考試的規定：理組可轉文組，反之則不准。

於是，我在暑假先去台北考公立高中的轉學考，結果落榜。這下糟了，因爲這時各學校都已開始上課了。爸爸只好去拜託朋友幫忙。總算有一所私立高中勉強肯收留我。於是，我再跟著爸爸，匆忙的到了台北，我完全陌生的台北。

13

這一夜，我自己離家之後，身處異鄉的孤寂，才能開始有所體會。這樣的文字和情感，是多麼體貼，多麼善解人意，一點一點撫慰著惶惑不安的我。

我仔仔細細的用心咀嚼，不斷回味。在我過去的閱讀經驗中，除了現代詩之外，可說是從來不曾像這樣，一字，一句，細嚼，慢嚥，又再三反芻。

這樣做，使我的心情逐漸感到比較安定，不安的情緒慢慢的被了解、被撫慰了。

在嘈雜、喧鬧的台北火車站前，爸爸領著我，走到側邊的林務局招待所，幫我辦入住手續。我站在門邊，向外張望。「這就是台北嗎？」我對著外面的街景茫茫然想著。再用力做個深呼吸，似乎連空氣的氣味都是陌生的。

由於林務局預定要配給我家的宿舍還未建好，而我的學校早已開學，所以我必須獨自在這招待所住一段時日。小我兩歲的弟弟也要上國中，只好暫時借住一位朋友家。

爸爸辦好手續，再對我交代幾聲，又匆匆趕回台中去上班。從十七歲就開始外出工作、打拼的爸爸，一定認定已經十七歲的我也應該可以獨立了罷。

可是，我茫茫然孤立在招待所門邊，不由得一陣陣惶恐——這還是我有生以來，首次要長期離家在外住宿哩。何況，又是在這麼巨大且完全陌生的都市。

在我此時的心中，好奇與忐忑不安同時交夾著，我既渴望去探索這個我所未知的新世界，卻又不免擔心，一不小心，會像先前讀過的《林海》中的小女兒般，不知不覺的就消失無蹤了。

入夜後，回到我的房間，從背囊中隨意抽出一本書來——下午要離家時，我曾隨手放進幾本。這時，在我手上是一期《蘭陽青年》，這是哥哥們過去就讀宜蘭中學時的校刊。我隨意翻閱，沒想到其中竟然會有一篇司馬中原的「鄉思井」！

在陌生的台北第一夜，孤燈下，我開始閱讀起來——「我的斗室四壁無牕，恍若古井，只有一方天?留以夜待似曾相識的星辰罷了……。」斗室、四壁無牕、恍若古井、天牕、星辰……我看看自己所在的這狹窄小房間，心不由得開始緊縮起來。繼續再一字一字慢慢咀嚼下去——「大塊青磚壘砌成六角形的井欄，披一身苔跡，色調幽黯，深深淺淺的停駐著長年歲月中風霜雨雪的容顏……心像吊桶，桶底的餘瀝，是流迴於心底的淚，落進深深的黑裡去，一點、一滴、一叮咚。」……

讀到這裡，我感覺眼角有些怪怪的，而一直深藏在胸膛內的那顆不馴的心，這時彷彿也和平日很不相同。

先前我已讀過司馬中原的巨著《荒原》和《狂風沙》，深深著迷於他那磅礡、大氣淋漓的氣魄，卻沒有留意到他竟然也有這樣細膩、婉轉的心思。直到這一夜，我自己離家之後，身處異鄉的孤寂，才能開始有所體會。這樣的文字和情感，是多麼體貼，多麼善解人意，一點一點撫慰著惶惑不安的我。

「從此背著那麼一口古井，走過多少異地的春，……自己的心忽化爲那口古井，一點一滴的流逝於淒濛的月夜，竟也滴出一顆圓圓如珠玉的鄉愁來了……」

我仔仔細細的用心咀嚼，不斷回味。在我過去的閱讀經驗中，除了現代詩之外，可說是從來不曾像這樣，一字，一句，細嚼，慢嚥，又再三反芻。

這樣做，使我的心情逐漸感到比較安定，不安的情緒慢慢的被了解、被撫慰了。

這些經過作者精心挑選，又反覆錘鍊過的字句，非常濃稠、緊密，字字皆帶著深情。沒想到這位我心目中的巨匠、文豪，竟然也會跟我一樣，有著如此感傷、脆弱的一面，而且還毫不掩飾的坦露出來——我彷彿見到一尊高大的身影在我身旁蹲下來，體貼、和善的，對我輕聲說：「沒關係，你的心情，我全都明白……」

我那徬徨、不安的心，逐漸平撫下來，感覺像是在陌生異地忽然遇見熟人。

第二天是星期天，我睡到近中午才醒來。雖然難免還是會有些惶恐，可是另外還有一種強大的好奇心湧現出來。我開始想要探險了。

一路上小心翼翼的往前走，繞過老城門，走上中華路，邊走邊記住明顯的地標、招牌——忽然，我發現自己竟然已經置身於著名的西門町！

再抬頭看，一個大大的招牌，寫著「中國書城」。走進地下室，哇，放眼望去全都是書！我壓抑住興奮，開始一家家書攤逛起來。

繞過一圈，忽然望見《白鯨記》！沒錯，這就是先前在「台中美國新聞處」曾見過的書，也是那位英文女老師強力推薦過的。那時我看到書那麼厚，就暫時沒有閱讀。現在，就當作是一種紀念吧。

我立刻去櫃檯付錢。有了這本，我感覺更篤定了些，彷彿可以開始在這個新家園紮根，不再擔心會飄蕩無依。同時，也對原本完全陌生的台北多了幾分好感。

14

我便把自己設想成是那頭超級有個性的大白鯨。我躍入大浪之中，一邊划動前行，一邊張開我所有感官，以及想像力，盡力去體會牠可能的感受：水波的鼓湧、進退，風的吹拂、流散，還有，陽光的變化，以及海水中各種生物的互動……。

這樣的親身體驗，使我深深覺得，我彷彿開始可以不再侷限於人類的身軀與思維，而學著用以一種更豐富、更多元的可能性，去看待那大白鯨，以及一切生物。這是以往從來不曾有過的感受。

「我想我還是出去航行一番，去見識見識這個世界的海洋部分吧。這就是我僅有的排愁遣悶和舒筋活血的方法……」

《白鯨記》一開始，就是這麼迷人的召喚。剎那間，大海的嘩啦嘩啦巨響撲面而來，海洋特有的濃厚氣息也隨之四處散溢。啊，快快奔向它，奮不顧身的躍向它吧！

我本來並不像《白鯨記》的作者梅爾維爾那樣，對海洋瘋狂著迷。還記得小學時，有一次由老師帶領去南方澳遠足，一靠近漁港，聞到濃烈的魚腥味，我就開始覺得不舒服；再望見一波波澎湃起伏的海浪，忍不住暈眩起來。

雖然那次的記憶非常深刻難忘，可是此時的我，竟然還是願意冒著天旋地轉、嘔吐不適的痛苦，無論如何也不願意放棄閱讀《白鯨記》的機會。這全都是由於作者那枝帶著奇幻氣息的魔筆實在太神奇，我已被深深吸引，無法自拔。

《白鯨記》的故事，主要是繞著一個幾近瘋狂的捕鯨船的船長而發展，他不惜繞過天涯海角，到處去追尋一頭神秘的大白鯨，因爲這巨大無比的海中之王，正是使他失去一隻腿的元兇。

追尋與捕獵的過程非常曲折離奇，但最使我放不下書的原因，卻是書中那一幕幕對海洋的描繪，以及人們被海洋奇特魅力所蠱惑，再也無法抵抗的心情——「爲什麼差不多每個身心健全的少年總要渴望到海裡去呢？爲什麼當你初次坐船，一聽說你坐的船已見不到陸地的時候，你的心裡就會激起那一陣神秘的顫動呢？……」

其實這時的我，也同樣正陷入另一種驚濤駭浪之中——由於先前一時衝動選擇讀理組，但是我其實對化學和數學毫無興趣，每次考試都是束手無策。我自己也明白事態嚴重，可是孤身一人，在新學校中還沒找到談得來的同學。每天孤獨的背著無比沉重的書包上下學，總覺得心力交瘁。

另外還有一個大問題。由於我的體質比較敏感，而且在幼年時期，後腦部曾受過重創，不時會突然感到頭痛、頭暈；再加上過去很少坐公車，只要搭公車時一陣晃動，或是聞到較強烈的汽油味，立刻就會頭暈、想吐。在這種情況下，每天上下學幾乎都是昏沉沉的。晚上回到窄隘的避難所，總覺得疲倦不堪，要先躺一兩小時，才能恢復。清醒後，唯一想做的，就是繼續躲進《白鯨記》中。

埋頭看累了，我便踱到交誼廳看電視。這個招待所，每天川流不息著由各地來總局出差的員工，每晚出現的幾乎都是不同的臉孔。這些中、老年男人圍著電視閒聊，似乎個個都有滿腹委屈和不平。有的操著濃重難懂的鄉音，談論我從未聽過的人事傾軋、派系鬥爭、恩怨等等，絲毫不在乎我就在旁邊看電視。

對於這些職場上的恩怨情仇，我聽得似懂非懂——「也許有一天，這些故事可以變成我的小說中的情節哩。」我漫漫想著，忽然很想對他們大喊：「放下這這些煩惱，出去航行一番，去見識見識這個世界的海洋部分吧！」

我當然沒有眞的開口，這時的我，還是先努力想辦法解決自己的麻煩罷。

每天上下學，我都會經過還未加蓋的瑠公圳大水溝，總是感覺心底就像溝裡的污水那麼糟糕。學校的一切也一樣。我把厚重的《白鯨記》放在書包裡，隨時翻開閱讀。每晚回到我的「監牢」，把這個世界全都關在外面，讓自己沉浸在《白鯨記》裡。

不知不覺的，我發現自己似乎也逐漸開始像作者那樣嚮往海洋，爲海洋著迷，就像是中蠱一般。在他的魔筆描述之下，我不由自主的，隨他奮力躍入驚濤駭浪之中，就算是會使我暈眩、混亂，沉溺，甚至會把生命全都拋下，也不在乎了。

「跟著那龐大到無法想像的身軀，來進行一場又一場壯闊無比的的追逐吧！即使會遭到毀滅也在所不惜！這會是多麼過癮的揮霍呀。」

當然，這只是我的幻想罷了。要到海裡去？不要開玩笑了，我都還不會游泳哩。

有一天，放學後等待公車時，我倚著站牌繼續看這本書。忽然有人從我背後把書抽去。是別班的老師，他看看封面書名，用怪異的眼神瞧瞧我，只說了一句：「小心，書也會有毒！」把書還我，就走了。我滿頭霧水，完全不明白他是善意的忠告，或是戲耍的嘲弄。

大約過了兩星期，終於讀完《白鯨記》，我決定要擴大我的探險範圍。闔上書，推開房門，走出招待所大門，朝霓虹燈閃爍的方向走去，一路記識著方位與地標。走著走著，忽然，我發現自己所在的重慶南路，兩旁竟然大都是書店！我精神大振，原本的頭暈也消失無蹤了。

這眞是我生命中的「大航海」與「大發現」啊！

人生的際遇與變化眞是奧妙，從這趟「大航海」與「大發現」之後大約三十年，原本一直是旱鴨子的我，竟然搖身一變，成爲一隻以「海泳」、「橫渡」爲樂的小白鯨了。

我越游胃口越大——即使大寒流來襲，還是照樣浪裡來浪裡去，毫不在乎。支持我這樣做的動力，完全是因爲《白鯨記》的緣故。

每次下海，我便把自己設想成是那頭超級有個性的大白鯨。我躍入大浪之中，一邊划動前行，一邊張開我所有感官，以及想像力，盡力去體會牠可能的感受：水波的鼓湧、進退，風的吹拂、流散，還有，陽光的變化，以及海水中各種生物的互動……。

這樣的親身體驗，使我深深覺得，我彷彿開始可以不再侷限於人類的身軀與思維，而學著用一種更豐富、更多元的可能性，去看待那大白鯨，以及一切生物。這是以往從來不曾有過的感受。

我繼續在大海中四處游動，同時感到有如脫胎換骨一般，眞是輕鬆無比。

15

我在書店街站著認真讀過的每一本書，後來有機會再次遇見時，總是會讓我感到特別溫暖。這時，我也總會忍不住將它翻開來，溫習一下。

這是多麼奧妙的感覺啊，明明在我手中的這本書，確定絕對不會是當年我在書店街遇見的同一本，但是一翻開來，透過相同的文字、編排與封面設計，卻能毫無隔閡的，將我立即帶回到多年前的氛圍。就在那瞬間，它同時也把我當年閱讀時的環境、周遭的聲響、氣味，有如香花開放四溢般，全都同時浮現了。

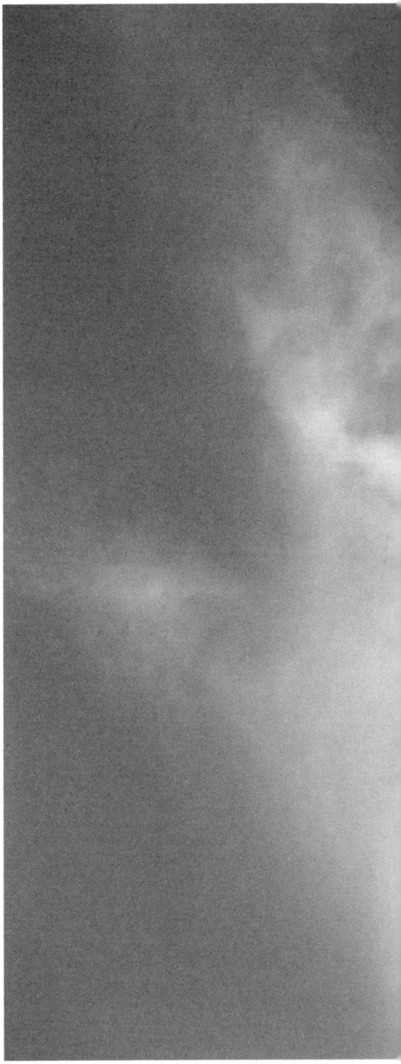

自從發現書店街，狂喜的我，把學校以外的所有時間，全都泡在這個「書的汪洋大海」中。

由於我們五兄弟全都在外求學，每月的花費非常可觀。爸爸只是普通公務員，薪資並不多，我實在不願意在必要開支的學費、生活費、住宿費……之外，再多增加父母的負擔，所以買書必須節制才行。

可是，眼前到處都是令我心動、夢寐以求的書籍，哪能輕易能放過呢？

我在這條書店街逛過來又逛過去，每一家都進去瞧一瞧，翻一翻書，眞是開心極了。我看到好多中意的書，恨不得全都能擁爲己有。

我想出一個辦法：一走進書店後，立刻選定一本，集中注意力快速翻閱。一見到精采警句，就反覆背誦、強記。出店門後，立刻在筆記本中抄錄下來。接著，又趕緊換下一家如法炮製。

這樣做有一些缺點：在匆忙的翻閱過程，只能囫圇吞，無法暫停、反覆思索；同時，可能也會使我養成「不求甚解」的毛病。另外，有時在一家店裡站得久一些，店員常會走過來，以整理書架的動作示意我離開。這時我便趕緊記住手中之書的頁碼，走到下一家，找到同一本書，繼續連接下去。像這樣，常常需要換過七八間才看得完一本。但是沒辦法，我是窮學生嘛，而且我眞的樂在其中。

就這樣，我看了不少難以忘懷的好書，尤其是「志文出版社」的「新潮文庫」系列——我在德國赫塞的《徬徨少年時》中，遇見少年辛克雷，他受到惡少的脅迫，不得不一直說謊、偷錢；心中累積的罪惡感使他痛苦不堪：「我的前途是走向下坡了，一步一步向黑暗走去。我深切地感覺到這個罪過一定會產生出新的罪過來……」

在捷克作家卡夫卡的《蛻變》中，我見到推銷員戈勒各爾從夢中醒來時，發現自己變成一隻大蟲——堅硬得像鐵甲般的背朝下，仰臥在那裡。細小得可憐兮兮的許多腳，顯得特別無力。家人開門進來一看，不禁大叫、暈倒、蒙住眼睛哭起來……。

然後，在法國卡繆的《異鄉人》中，我遇見青年莫梭，當他接到母親在養老院去世的電報後，仍和往常一樣的生活，上班、工作、和女人約會、去港邊游泳戲水……。

接著，我又在法國作家羅逖的《冰島漁夫》中，見到年輕的勇士們向北極洋挑戰：「每一個浪頭過去之後，人們便見到後面又來了另一個更大的，高高地聳立起來……彷彿在說：『待我趕上你，我將你吞掉』……。」

還有，在農莊裡，各種動物們全都聚集來，聽白毛豬發表演說。最後，牠們決定要叛變，將眞正的仇敵——人類，驅逐出去，建立起自己的樂園。這是英國作家歐威爾的小說《動物農莊》……。

這些書，常常會使我迷惑、震撼，有時感到不解，有時卻又深獲我心。例如，在西班牙大提琴家卡薩爾斯的自傳《白鳥之歌》中，我看到少年時期的他也有難解的困惑：「以前我發現那麼多的美，可是現在，我所見的醜惡何其多！罪惡何其多！人類的苦惱何其多！我問我自己，難道人類是爲了生活在污穢與墮落而生？」他感到極端的痛苦，想到也許自殺可以結束這種折磨……。

不過，英國哲學家羅素的回憶集卻這樣說：「我十八歲進入劍橋大學，對我個人而言，劍橋是個新的世界，我第一次遇到人家不認爲我所思索的，是一些可笑的事情。過去我在家的時候，習慣不談我所眞正思索的事情，以免被視爲瘋子。但在劍橋這個新天地，談哲學談內心的思想，乃是一種最自然的娛樂，也是生活教育的一部分，過去我被迫生活在一種病態的氣氛中……現在來到劍橋這個新智慧被珍視，清晰的思想被認爲是好事的園地裡，眞使我感到無比的欣喜……。」

在這同時，我也讀到日本三島由紀夫的《金閣寺》——年輕的僧侶縱火焚燒五百多年歷史的絕美古蹟：「燒毀金閣寺，可給人類一個提示——明天也許我們會遭遇毀滅的恐怖。我的這種行爲，將可把金閣寺的不朽性改爲可滅性，……這些人的世界大概會完全改觀，生活的規律會完全顚倒，列車時刻表將混亂不堪，制定的法律也完全無效吧！」……

就這樣，我時常在書店街四處漂流，每晚帶著各式各樣、千奇百怪的故事、思想，回到我藏身的小窩，繼續咀嚼、反芻。

我在書店街站著認眞讀過的每一本書，後來有機會再次遇見時，總是會讓我感到特別溫暖。這時，我也總會忍不住將它翻開來，溫習一下。

這是多麼奧妙的感覺啊，明明在我手中的這本書，確定絕對不會是當年我在書店街遇見的同一本，但是一翻開來，透過相同的文字、編排與封面設計，卻能毫無隔閡的，將我立即帶回到多年前的氛圍。就在那瞬間，它同時也把我當年閱讀時的環境、周遭的聲響、氣味，有如香花開放四溢般，全都同時浮現了。

起初，我還以爲這是很尋常的現象，不足爲奇。但是後來我突然警覺，會使我有這種強烈感受的書，其實大都集中在年輕的歲月所閱讀的。

是因爲那個年紀格外敏感的緣故嗎？或是那時孤寂無依，閱讀起來特別專注深刻，因此每個字似乎都會深深的鏤刻在生命之中？

CERTIFIED
ANGUS BEEF®
BRAND
Only 8 percent of beef
qualifies for the brand
CERTIFIED
ANGUS BEEF®
Angus beef at its best

16

然而，等到我們長大後，終於明白：擁有獨特的創意是多麼珍貴的資產，而敢於標新立異，又是何等稀罕的勇氣！最重要的，想要擁有這些能夠扭轉乾坤的能力，往往是需要在日常生活中，時時刻刻保持敏銳的觀察力、聯想力。

這一點，年輕時的我們，在《為現代畫搖旗的》這本書所帶領的一次次畫廊教育中，早已親身體會到了。

「唉！是兩個小孩子嘛！」

我和好友阿昌背著書包，正興沖沖的往二樓畫廊跑上去，腳下的木質樓梯發出清楚的步伐聲響。二樓的門敞開著，坐在裡邊的四個中年男子，全朝著我們的方向盯著。就在這刹那間，我敏感的瞥見四人臉上的表情變化——從高度期待立即轉向失望，其中一人便脫口而出那句話。

阿昌和我迅速對看一眼，繼續不動聲色的踏進二樓，開始瀏覽牆上的各幅畫作，一邊低聲的指點、討論起來。

沒錯，才十七八歲的我們，在這些畫家眼中跟孩童沒兩樣，因為他們所期待的，可能是有購畫能力的貴客，尤其是外僑。在這家畫廊所在的台北農安街、雙城街一帶巷弄裡，正聚集著不少這樣的畫廊。不過，對於阿昌和我來說，我們雖買不起畫，卻是幾乎每週六中午放學後，都會來報到，因為這裡正是我們「自我進修現代藝術」的寶山哩。

阿昌來自南台灣，跟我一樣是轉學生。他高大、豪爽，每件卡其長褲的褲襠，都隨流行而改得又緊又短，走起路來屁股會一搖一搖的，看起來很性格。由於先前在課外活動課上，我們都選上現代詩組，因此兩個異鄉遊子相濡以沫，逐漸結爲好友。

有一天，我在書店街上發現一本《爲現代畫搖旗的》，他一看也大感興趣。從此，台北市各畫廊裡就可常見到一高一矮的這兩個「小孩」，背著高中書包，正在進行現代藝術巡禮。

《爲現代畫搖旗的》這本書，爲我們開啓了學校以外的一個全新的奇妙世界。作者楊蔚是報社記者，也是小說家，他在自序這樣說：「我們等待這樣一個讓人激動的年代太久了！它來了，我要擁抱，同時盡我個人微薄的力量！」

他以犀利而帶著濃重感情的筆調，報導了十六位畫家，除了描述各人的風格與特色外，每篇的開頭，都以強烈、精準而別出心裁的句子引爆開來——

例如，「在陳庭詩的世界中，聲音死亡，像一片沒有生命的荒野。他既聾且啞。於是他抱起畫筆，——醮墨、醮彩，以及醮著那些窒息在喉間的感情，創造另一個視覺上的天地……。」

又如，「繪畫走向現代，在起步向前衝刺的一剎間，秦松是一個遇上絆腳石，而跌撞得臉青鼻腫的角色……。」

還有，「在這一代的畫壇上，何肇衢是一大抹厚重如泥塊的彩色。他佔住一個畫面，效果強烈，而給人的感覺是嚴厲、冷峻、與穩定……。」

這樣的介紹文字，立刻強烈的震撼了年輕、易感的我們，讓我們激動起來，在我們眼前敞開了極爲廣大的想像。

「就繪畫的前衛運動而言，李仲生是一個聽起來相當激動的題目……他在畫壇上是一大抹讓人悚慄的黑色。一個大反叛，一個大異端……。」

「蕭勤和他那幾位東方畫會的夥伴，赤手空拳，闖進歐洲畫壇。這些年來，他們每一個人的名字都成爲一個激動的符號，而包含著最豐富的內容，最新鮮的彩色……。」

把現代的旗幟在畫壇上揚起來的這些前衛藝術家，既然都是學院派的叛逆者，在他們摸索、嘗試前進的過程，當然嚐盡了各式各樣的折磨、打擊。在書中也探索了他們創作背後的種種遭遇與故事——有一位住在一間只有五蓆大的破敗閣樓上。另一位轉向抽象藝術的女畫家，必須要忍受各種外來的譏刺和敵意，時時要擺著一個挨打的姿勢。另一位畫家的數十件作品出售所得，全被外國的畫商侵吞，所有文件也被大火燒掉了……。

這本書之所以會成爲阿昌和我絕佳的「現代藝術入門嚮導」，可能就是由於作者並不以學術研究的方式來討論，反而以感性、聳動的手法，先除去「藝術門外漢」慣見的不安、抗拒與排斥的心理；接著，再加上極有渲染作用的生動小故事，不知不覺就被吸引了。

我們這兩個「小孩」就是這樣，一頭栽進現代藝術的世界中，對於原本陌生和排斥的現代藝術，逐漸另眼相看；同時也因此漸漸學著用較爲開放、包容的角度，去看待陌生和新起的各種藝術，心甘情願的，爲現代藝術搖旗吶喊。

要到很多年之後，我才明白一件事：年輕時如果能接觸到開放、多元的藝術觀念，終生都會受用不盡。我和好友阿昌就是在一次又一次的「畫廊探險」之中，親身體驗到這一點。

在我們中學時期，學生被要求要像是軍隊般管理；剪著其醜無比、一式一樣的髮型。穿著也一樣，顏色、款式、穿法，毫無分別。

所有行動必須依規定進行，不容許特立獨行、自行其事。只有呆板的、死氣沉沉的團體，沒有活潑、創意無限的個人。

然而，等到我們長大後，終於明白：擁有獨特的創意是多麼珍貴的資產，而敢於標新立異，又是何等稀罕的勇氣！最重要的，想要擁有這些能夠扭轉乾坤的能力，往往是需要在日常生活中，時時刻刻保持敏銳的觀察力、聯想力。

這一點，年輕時的我們，在《為現代畫搖旗的》這本書所帶領的一次次畫廊教育中，早已親身體會到了。

17

當時他說：「小心，書也會有毒！」難道他能未卜先知，早就預見我會有這樣的下場嗎？或者書也和藥物一樣，雖可治病，同時也可能會致命？不好好讀教科書，反而沉迷於各種課外書的我，難道真的是在飲酖止渴嗎？我一向自以為是向著目標奮力追尋的姿勢，在別人眼中，卻是膽怯的逃避嗎？

我茫茫然瀏覽我的書架。只不過在這時，當我用求助的眼神掠過時，每本書都默默無語，一副愛莫能助的模樣。

高二下，坐落在萬華的配給宿舍落成後，我開始探索附近這個又古舊又嶄新的世界——龍山寺。這裡永遠有川流不息的信徒燒香膜拜，各自向神明喃喃祈求；街角則是佇立著夾著小皮包的「站壁流鶯」，跟路過的男人交換曖昧的眼神。再擴大到華西街，活剝蛇皮總會讓外國遊客們看得又驚又叫。而當街擺小桌詐賭的郎中，手法迅速奧妙，無論是象棋、撲克牌、三色牌，全都耍得天衣無縫。最厲害的是，他們一得手就立刻撤桌，瞬間消失無蹤。

這一切，全都深深吸引我。天一黑，我便隨意找個理由出門，在這新奇的世界逡巡、徘徊。我張大眼睛和所有感官，盡情的吸收、體驗——我晃進這個古稱「艋舺」的老地區，穿越一條條窄隘、雜亂無章的小巷，看到和我一樣來自各地鄉間、小鎮的人們，從事各種廉價、粗重的工作，彷彿野草般掙扎生存。有好幾次，就在大白天，我親眼目睹黑道持著刀槍，當街追逐、火拼、廝殺……。

這些活生生、血淋淋的現實生活，爲何我在書中都難以見到呢？我所閱讀過的小說，似乎都遠遠不如這裡的生猛、剽悍、刺激。對於這個現實世界，我實在還是太稚嫩，不能明白，也無法解讀。

這時的我，其實還有著更急迫、更棘手的麻煩要面對——太爛的成績，使我就像身陷流沙一般，眼睜睜看著自己越陷越深，卻無力改變。我不由得想起曾在書店街看到《徬徨少年時》中，有這麼一段話：「我心中有許多聲音一直把我佔據住，使我的心神都灌注在上面了；這些心中內在的溪流，這些禁止的黑暗的溪流，在表面下奔騰咆哮……。」

就在這時，好友阿昌對我伸出援手——他押著我去八德路的台灣分館，要幫我補習。我也乖乖的，定下心來聽他講解化學和數學，就像是溺水者的最後掙扎。像這樣死馬當活馬醫，如果能夠持續一陣，說不定我的成績眞的會有奇蹟出現。

然而，就在第一次「急救補習」結束，我們正要離開，一群長久盤據在館內的商專學生突然在門口堵住阿昌，竟將他強押到館後狠狠動粗，並警告我們不得再出現在那裡。

阿昌眞是一條好漢，他一面安慰手足無措的我，一面又建議換個地方繼續教我。只不過，我因爲這樣連累他已感到非常愧疚，不願再給他多添麻煩；而且膽小的我早已方寸大亂，無心上課，於是就婉辭了。

學期結束前，導師叫我去辦公室。他把臉撇開一邊，將成績單摔過來：「你留級吧！叫你家長來辦手續。」一秒鐘也不多停留，轉身就走出辦公室。

我默默的，將這張通知單收進書包，木膚膚的，並沒什麼特別感覺，可能因爲是早已預料的情況。爸爸下班回來，一看單子，悶著臉，叫大哥去學校處理。媽媽很生氣的說：「你若不想讀書，乾脆回鄉下跟阿公種田算了！」

我回到我的書桌坐下。外頭漆黑的什麼地方，遠遠的，有收音機的聲音在飄，忽有忽無。我突然回想起以前在公車站的那位陌生老師，當時他說：「小心，書也會有毒！」難道他能未卜先知，早就預見我會有這樣的下場嗎？或者書也和藥物一樣，雖可治病，同時也可能會致命？不好好讀教科書，反而沉迷於各種課外書的我，難道眞的是在飲酖止渴嗎？我一向自以爲是向著目標奮力追尋的姿勢，在別人眼中，卻是膽怯的逃避嗎？

我茫茫然瀏覽我的書架——這些日子，省吃儉用，把零用錢都存起來買書，現在小書架已有一點規模。只不過在這時，當我用求助的眼神掠過時，每本書都默默無語，一副愛莫能助的模樣。

忽然，我看到了一張臉，正和往常一樣的迎接我。那是比我所認識的任何阿公都還更阿公的，慈祥而睿智的臉——賀佛爾老爹。

18

我彷彿見到老爹正在碼頭上，一面勤奮工作，一面對著十七歲的我這樣打氣：「有什麼好怕的呢？就算所有人都看不起你、放棄你，也還是可以像我一樣，找到足以過活的工作，過著簡單、樸素的生活，然後，一輩子都認真的、專心的，追求你內心真正的夢想罷。」

我從書架上抽出《賀佛爾傳》，就地坐下，定心讀起來——

賀佛爾是美國的碼頭工人，身材高大魁梧，動作有點粗笨，但總是精力充沛。

他七歲時，母親過世。不久，他忽然雙眼失明，因此從未進學校讀書。到十五歲，眼睛忽然又復原，於是開始瘋狂似的拼命看書，因爲害怕隨時又會再次失明。他家附近有一間舊書店，店裡的書幾乎全都被他看遍了。爲了方便借書，他特地把家搬到圖書館附近，甚至還辦了加州幾乎所有小市鎮圖書館的借書證哩。

爲了養活自己，他不得不到處流浪，什麼工作都肯做。由於當時美國正遭逢不景氣，失業的人很多，可是他卻比別人容易找到工作，因爲他總是很認眞的觀察與思考，用心找出會被錄用的秘訣。

四十歲後，他去舊金山當碼頭工人，這還是他生平第一個固定的工作。他在那兒覺得很自在，因爲工作的分配很公平，要工作幾天也隨各人自由選擇。而且在休息時，他若想要看書或寫筆記，也不會有人干涉。最棒的是，在他盡力工作的同時，他腦子裡總還會有一個靜靜的地方供他思索。一有新的發現，他回家後就立刻寫了下來。

當他不想工作時，就到公園附近幽靜的小徑，慢慢走，一邊進行各種探索，然後在筆記簿上一句句寫下來。

由於先前多年的四處流浪、打工，他遇見過各式各樣的人們，這使他不停的反覆思索他們的遭遇與命運；同時，他也把多年來的閱讀心得加上去，於是寫成《群眾運動》這本書。

書一出版，立刻獲得極高的評價，他的創見和一針見血的比喻，引起極大的迴響。書被翻譯成十幾種文字，銷售幾十萬冊，並且被許多大學採用爲教科書。雖然聲名遠播，但他還是照樣在碼頭工作，因爲這裡能讓他按照自己喜歡的方式生活。他仍住在過去的簡陋小房間裡，過著樸實的生活。他的需求非常簡單：一張工作桌、一張硬木椅，如此而已。

他說：「我所需要的，只是能夠隨時收拾起來，讓我可以揹在背上的東西，這樣就足夠了。」

我坐在家中房間的地板上，認認眞眞的把這本《賀佛爾傳》讀完。其實以前已經看過了，但只有在這時刻，才眞正的讀進內心最深最深的地方，竟是那麼的受用。

「對啊，我有什麼好擔心呢？」我對自己說：「跟這位老爹的一生相比，我豈不是太過順遂了嗎？在這課業上的小小挫折，如果和他那必須死拼活搏的生活相較，我豈不是根本都還沒出生嗎？」

我翻看這本傳記所附的幾幅賀佛爾老爹照片，對著那張滿佈風霜，卻仍散溢著慈祥、睿智的笑臉，一方面覺得非常羞愧，同時卻又油然而生一種奇特的感覺——那好像是一種無所畏懼的勇氣。

我彷彿見到老爹正在碼頭上，一面勤奮工作，一面對著十七歲的我這樣打氣：「有什麼好怕的呢？就算所有人都看不起你、放棄你，也還是可以像我一樣，找到足以過活的工作，過著簡單、樸素的生活，然後，一輩子都認眞的、專心的，追求你內心眞正的夢想罷。」

19

牯嶺街成為我放學後最常逗留的去處，不時會有「戰利品」帶回家。但我的書包中，一直保留一個位置給李白。

我也明白，那些詩都各有特色與長處，只不過這時的我，心境恰恰好最能與李白的詩契合罷了。就像是鑰匙和鎖一樣，如果配得剛剛好，喀達一聲，天衣無縫，真是舒服極了。

我轉到文組，開始讀第二次的高二。我盡可能把心思放注在課堂上。雖然對數學還是很頭痛，但其他各科還能應付得來，成績保持中等。

只不過，有時仍會忍不住靜極思動，在放學後或星期假日，去書店街流連；也繼續去逛畫廊——只是常會感到索然無趣，因爲好友阿昌正面對大學聯考，不方便去打擾他；而在新班上一時也難找到像他那樣契合的知己。

有一天，我聽在地的同學提起牯嶺街舊書區，放學後立刻興沖沖跑去探個究竟——哇，每一間書攤全都是把書堆得有如山一般高，任人抽取、翻閱。

這裡沒有店員在旁虎視眈眈，心情輕鬆多了。老闆還會跟顧客閒聊，順手抽出幾本出來向你獻寶。最重要的是，價錢要比書店街的新書便宜太多了。我每次去，總是隨興一本本抽出來，翻一翻，再插回去，有一種尋寶的樂趣。

這回，我翻了一陣，忽然有一句從書中跳出來：「心隨長風去，吹散萬里雲」——我靜靜瞧著這幾個字，覺得非常舒服，好像我眞的已經飛起來了，飛越一切。

看看手上這本舊書，原來的封面已掉了，換上牛皮紙，寫著幾個毛筆字：《李白詩集》。

牯嶺街成爲我放學後最常逗留的去處，不時會有「戰利品」帶回家。但我的書包中，一直保留一個位置給李白。這句「心隨長風去，吹散萬里雲」眞是太棒了——它好像有著無與倫比的魔力，不論我處在任何困境，或遭遇任何問題，只要我閉上眼睛，把這一句反覆吟誦，我心中的任何烏雲，或是棘手的狀況，好像都可以隨風吹得無影無蹤。這一句，成爲我最新、最有效的「安慰奶嘴」。

我非常喜愛李白的豪放、灑脫、大氣魄。我逐漸將喜愛的詩句一一抄入隨身的小筆記本內。由於在台北不方便騎腳踏車上下學，無法像以往在台中時那樣「鐵馬快詩」，只能擠在擁塞的公車人群中，沿途默念、記誦。但是無所謂，因爲是李白的詩，一切都變得可以忍受了。

看看這麼過癮的氣派：「興酣落筆搖五岳，詩成笑傲凌滄洲。功名富貴若長在，漢水亦應西北流！」或是「明月出天山，蒼茫雲海間。長風幾萬里，吹度玉門關。」還有：「長風破浪自有時，直掛雲帆濟滄海。」……

在我曾遇見過的詩當中，無論是古典或現代，甚至包括外國的詩，例如以前在台中美新處遇見的《草葉集》、及《泰戈爾詩集》……它們所帶給我的震撼與想像空間等等，其實都難以跟李白相比。

我也明白，那些詩都各有特色與長處，只不過這時的我，心境恰恰好最能與李白的詩契合罷了。就像是鑰匙和鎖一樣，如果配得剛剛好，喀達一聲，天衣無縫，真是舒服極了。

我幾乎全部的心都放在李白的詩上，早上一醒來，先在床上來一句：「大鵬一日同風起，扶搖直上九萬里。」在上學途中，不妨換上這一句：「與君拂衣去，萬里同翺翔。」或是「送此萬里目，曠然散我愁。」

如果心情不佳，那麼，來這句吧：「有時白雲起，天際自舒卷。」等到黃昏放學了，當然要用這一句最貼切啦：「黃河落天走東海，萬里寫入胸懷間。」……

雖然有了李白這個「新歡」，但我還是念念不忘現代詩。有一次，我在書店街逛著，無意間拐進一條未曾到過的街道，見到一個奇景——就在亭仔腳下，有一人戴著毛線帽，把藤椅反向靠著牆，自己則坐在小板凳上，把紙放在藤椅上，專心寫書法。

我好奇的靠近看，他的毛筆字細細長長的，非常特別。我忽然好像被觸動了什麼，轉身看他背後那個木頭書架——滿滿的書，而且都是詩集！

我幾乎要叫出聲來了——那年在台中，帶領我進入現代詩世界的那位高中生，他提到的傳奇詩人周夢蝶，竟然就在我眼前哪。

我太開心了，但還是強忍住，沒有出聲。等他寫好一幅字，我才趨前，把取出的《鄭愁予詩選》和瘂弦的《深淵》以及當期的《創世紀》詩刊交給他，付了書錢。他依舊是靜靜的，從頭到尾未發一語。

可是我很激動——那年在台中初次與現代詩邂逅的驚艷、著迷，以及那一回在西北雨中的放聲朗誦，那陣陣柏油路面熱氣蒸騰的氣息，還有沿途路人投射的驚訝眼光……此刻全都湧現出來，包圍著我。

多麼懷念的舊時光啊。我想要立刻寫信告訴那個啓蒙我的大哥哥。可是，我實在太荒唐了，一直到這時候，我才赫然發現——我竟然從沒想過要問他的姓名和聯絡地址！

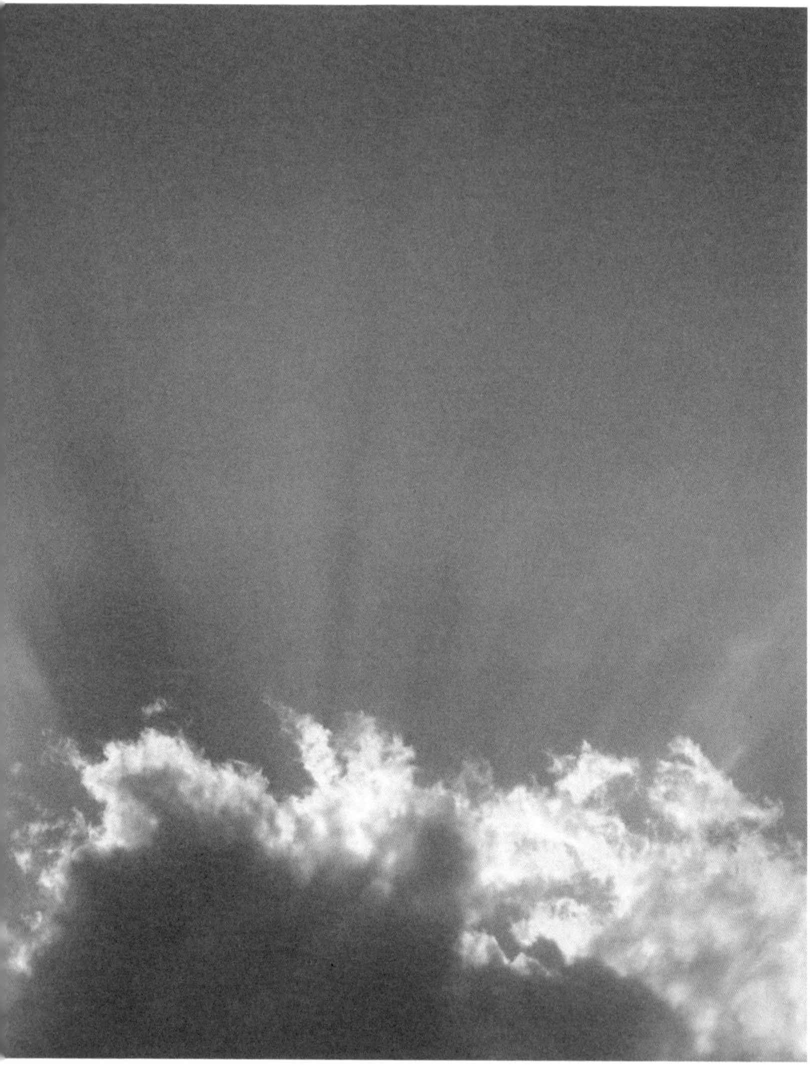

20

「這是怎麼回事？我這個連高中都幾乎快讀不完的留級生，怎麼可能呢？」

我真的不敢相信，但同時又有一種按捺不住的狂喜——或許我並不像別人所認定的那麼糟糕、那麼不可救藥吧？

就好像長久一直低著頭，在濃密的黑暗中，吃力的頂著寒風前行，突然雲霧初開，一線陽光透進來。

第二次的高二課程終於熬到結束，天天感覺像是在坐監牢的我，終於鬆一口氣。不過，一想到還有更慘的高三要捱過去，心情就不由得鬱悶起來。在高中已經待得太久了，實在無法再繼續忍受下去。我心裡很明白，就算能勉強混畢業，也一定考不上大學。

可是爸爸已經跟我強調過：至少要有高中畢業文憑。他希望我能儘快畢業，先去服完兵役，回來後應該自己就會想通，那時再唸大學也可以。

他沒想到，這回我跟他提出的要求，卻是想要轉到同一學校所附設的夜間補校！我的打算是：每天只需要晚上去上四小時課，白天的時間全都是自己可以利用的。

爸爸聽了，長長的嘆了一口氣，一臉的無奈。在我們五兄弟中，有四個讀公立大學，就只有我的狀況最多；從小到大，也是最讓他和媽媽操心。不過這回，爸爸最後還是答應了。

我會做這樣的打算，其實跟同班同學小葉有關。

在高二時，他的座位就在我附近，常常會聽到我大放厥詞。他家境很富裕，不但有自用的室內電梯，還設有撞球間。我最欣賞的，是他極為溫和的個性，不論別人說什麼、做什麼，他總是笑笑，從不跟人起衝突。

有一天中午，我們邊吃便當，邊看包便當報紙上的連載小說。我習慣性的照例開口放炮，批評那個作家寫得太差，根本不能感動人等等……。

「那你什麼時候也寫一篇來看看啊？」小葉笑著說。

我曾寫過小說，也寫現代詩，只不過都是半途而廢，或是眼高手低，最後都只是塞在抽屜裡而已。

這回既然已誇下海口，可不能再閃避了。我振作起來，每晚回家後，就趴在書桌上苦思，擬出各種情節，想過來想過去，寫了又廢棄……足足磨了一個多月，總算擠出一篇五千多字的愛情故事：一對年輕男女相知相惜，可是由於命運的捉弄，兩人陰錯陽差，終於錯過了……。

好不容易終於完工，我看了又看，結論是：我根本沒有寫作的才華！——主題老套、手法幼稚、情節枯燥、人物呆板……所有我曾在跟小葉「午餐便當評論」時，對報上各篇小說所挑出的毛病，自己全都犯了。

沒想到，小葉把這篇拙作仔細看了又看。他倒並沒說出任何專業評論術語，只用最眞實的情緒來回應——整個下午，他顯得悶悶不樂，若有所思；不時還會低聲長吁幾聲。

「眞的一定要這樣的結局嗎？」放學後，在等公車時，他仍不放棄的追問著，僅僅就爲了故事中那對情人不順遂的結局。

「咦？我的這支禿筆，眞的也會有這樣的魔力嗎？」我暗自吃驚，不敢相信。但是我所認識的小葉，一向誠懇、老實，從來不會去討好、巴結別人，他的反應該會是最眞誠而直接的。

「或許我眞的應該好好去試試寫作？」在回家的路上我不斷的反覆這樣想著。可是我倒沒有感到特別的興奮，反而有一種奇怪的情緒，像是猶豫、不安、沒有信心……。無論如何，小葉讀完後的那神情，一直都在我心深處縈繞不去。每次一想起，那印象就更深刻一些。

自從轉到夜間補校後，我有更多自己的時間，於是專心的閱讀，也開始試著寫作和投稿。就在這個時期，還有一件事情發生——當我瀏覽家中書架時，發現讀新聞系的二哥有一本《中國文學發達史》，厚厚一大本，書背還醒目的標示「大學用書」。

我好奇的取下來翻翻。咦，我竟然看得懂哩！乾脆坐下來，從頭開始，認眞的一頁一頁仔細讀——殷商、詩經、楚辭、漢賦、樂府、魏詩、南北朝民歌、唐詩、宋詞、元曲……我邊讀，邊會忍不住時常吃驚，因爲竟然大部分都看得懂！

「這是怎麼回事？我這個連高中都幾乎快讀不完的留級生，怎麼可能呢？」

我眞的不敢相信，但同時又有一種按捺不住的狂喜——或許我並不像別人所認定的那麼糟糕、那麼不可救藥吧？這個每天有如遊魂一般飄蕩、迷惘的傢伙，其實也有他的自覺和努力之處吧。幾年來，這傢伙的胡亂閱讀，雖然搞得「學歷」很糟糕，但卻可能因此不知不覺的，也累積出一些「學力」來了哩。

從好友小葉的強烈反應，到我自己閱讀《中國文學發達史》的自我肯定，都使我有如大夢初醒。我忽然感到心底暖呼呼的。

就好像長久一直低著頭，在濃密的黑暗中，吃力的頂著寒風前行，突然雲霧初開，一線陽光透進來。

我鬆開緊繃的肩膀，抬起頭來，望見睽違已久的，溫煦世界。

21

於是，每天提前起床，先翻開沈從文的書，靜下心來，用鉛筆在稿紙上，一字一字，絲毫不苟的，謄抄書中的文句。寫滿一張稿紙後，再出門上學。這樣做，使我每天都能有一個愉悅的開始。而且，在上學的公車搖晃途中，我仍可持續回味剛剛所謄抄的文句，以及沉浸在沈從文筆下那個奇妙的世界裡，不斷的品嘗、反芻。這是我一日中最開心的時光。

牯嶺街成爲我最常探訪、逗留的「挖寶聖地」。這麼說，好像有些太誇張，其實我眞的有這樣的感受，尤其是陸續「挖」到兩本「影響我一生的書」之後，更加確定如此。

第一本「出土」時，用牛皮紙包著封面，薄薄的。當老闆半遮半掩的塞給我時，我還以爲又是那種「小本的」，下意識就推回去。老闆這時才壓低嗓子，伸直拇指比個手勢，神秘的說：「是『那邊』的啦，很難得喲！」

原來他指的是偷印的大陸禁書。我鬆開外包紙——封面圖案很簡陋，只題著「從文自傳」四字。

這是何方神聖呢？我根本沒聽過。再看內頁紙張又太粗糙，我以「貌取書」，第一個念頭就是想要放下——幸好我又隨手一翻，讀到作者小時讀私塾，爲了要抵抗頑固的老師和逃避書本，以便跟大自然親近，一再的逃學、說謊。他這麼寫著：「當我學會了用自己眼睛看世界一切，到一切生活中去生活時，學校對於我便已毫無興味可言了。」我不禁會心一笑。接著，往下翻，又蹦出來這一句：「我的心總得爲一種新鮮聲音，新鮮顏色，新鮮氣味而跳。」

就是這一句，這個逃學成性的小傢伙忽然觸動了我。於是，我不但把這本書帶回家，更將它當成最親近的床頭書。每天不論白天過得如何，臨睡前一定要翻讀幾頁不可。

在這本自傳中，沈從文以一種有如田園牧歌般的調子，緩慢、悠揚的展開來：「想寫點我在這地面上二十年所過的日子，所見的人物，所聽的聲音，所嗅的氣味……。」

那是在極爲偏僻的角隅——湘西的小城。在他眼中，「駐屯的兵卒純善如平民，與人無侮無擾。農民則勇敢而安分，且莫不敬神守法。」

就在這樣的小城裡，沈從文一直到將近十五歲才離開。

小時候的沈從文，時常逃學，跟一群小流氓遊蕩。因為他對於大自然和人情世故這本「大書」的興趣，遠遠超過課堂上的那本小書。也因此，他不得一再說謊，來掩飾逃學應受的處罰。

他經常由一位表哥帶領，「到日光下去認識這大千世界微妙的光，稀奇的色，以及萬彙百物的動靜。尤其是瞞過大人，把身體泡到河水中玩個半天。」

多年後，沈從文這麼回憶：「我感情流動而不凝固，一派清波給予我的影響實在不小。我幼小時較美麗的生活，大部分都與水不能分離。我的學校可以說是在水邊的……。」

這個令所有長輩頭痛萬分的「逃學大王」，其實這時期正悄悄用自己的方式，持續的接觸、吸收、儲蓄外在世界的一事一物，並且逐一轉化為他生命中獨具一格的養分，以備有朝一日大大的派上用場。但是在那個時候，沒有任何人察覺這一點，連他自己也還懵懂未知。他只覺得「我生活中充滿了疑問，都得自己去尋找答案。我要知道的太多，所知道的又太少……。」

辛亥革命時，他進了新式小學，比以前開放、自由。他不必再逃學了，但還是放不下外頭的「那一本大書」。很多年後，他仍然覺得：「若把一本好書同這種好地方儘我撿選一種，直到如今我還覺得不必看這本用文字寫的小書，卻應當去讀那本用人事寫成的大書。」

到十四歲時，母親決定要讓他「走出家庭，到廣大社會中去競爭生存」，於是，喜歡看一切新鮮東西，聽一切聲響的少年沈從文，就背了小包袱，開始混進一個「更廣泛的學校」去了……。

而十八歲的我呢？我繼續把這本《從文自傳》看完，然後回到牯嶺街，開始地毯式的搜索——我渴望能夠看遍沈從文的所有傑作，一本也捨不得漏掉。陸續的，在我的書桌上出現了《邊城》、《湘行散記》、《湘西》、《長河》等書，以及單篇的〈柏子〉、〈菜園〉、〈丈夫〉、〈牛〉、〈大小阮〉等等。

我幾乎把課餘的所有時間，全都沉浸其中，而且挑選出特別喜愛的作品，一遍又一遍反覆閱讀。

逐漸的，我似乎能夠體會出來，在他的傑作中，特別蘊含著一種極其微妙的魅力——那是一種說故事的特殊節奏和語調：不疾不徐，不用聲嘶力竭，也不會氣急敗壞，永遠可以心平氣和的，娓娓道來。

這樣溫和的調子，讓我不禁深深著迷。我一遍遍出聲吟誦，感覺到一種前所未有的滿足——我似乎開始有點明白：原來，這也是一種極其珍貴的生活態度哩。

於是，我更進一步，做了另一項實驗——先去買了一刀六百字的稿紙，每天提前起床，先翻開沈從文的書，靜下心來，用鉛筆在稿紙上，一字一字，絲毫不苟的，謄抄書中的文句。寫滿一張稿紙後，再出門上學。

這樣做，使我每天都能有一個愉悅的開始。而且，在上學的公車搖晃途中，我仍可持續回味剛剛所謄抄的文句，以及沉浸在沈從文筆下那個奇妙的世界裡，不斷的品嘗、反芻。這是我一日中最開心的時光。

這樣的謄抄，可以使我心情平靜，漸漸的，也會油然而生一種難以言喻的快樂。雖然我並不明白爲何會這樣。

再過幾年，我才聽說佛教徒有抄寫佛經的修行方式，似乎與我當年所爲不謀而合。不過，奇怪的是，我發現似乎只有在謄抄沈從文的作品這時，才會有那樣的「功效」。我試過其他幾位作家的作品，總覺得有什麼不對勁，不是沒有感應，就是定不下心。

我猜想，這種逐字抄寫、品嘗、回味的緩慢悠長節奏，說不定正巧契合了他作品中的那種沉靜、悠遠、奇妙的獨特風格哩。

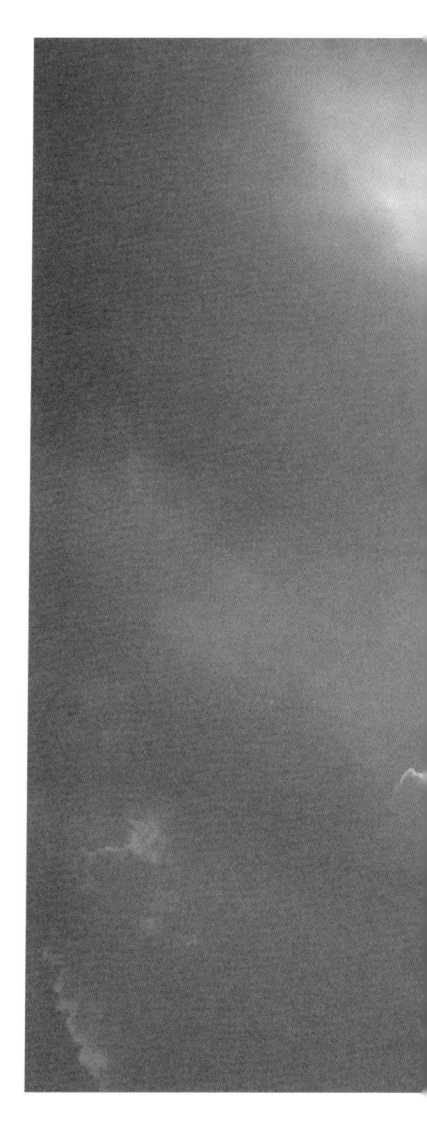

22

我不免時時放下筆，自己跟自己爭辯起來了。在我內心中，好像有什麼正在逐漸崩解、裂開、滑落；但同時，卻又有什麼也在滋長、伸展、蔓延……。恐懼和狂喜同時出現，相互對抗、拉扯。

在生命的不同階段，我時常會翻開《湖濱散記》，跟他談一談。有時是想增強我日漸薄弱的生活信念，充充電；有時只是想到他的湖畔靜靜坐一會兒。

「我入居林中，因爲我要從容而審愼地生活……我不要在死時，發現自己並沒有過眞正的生活。……我要深入地生活，吸取生活的全部精髓。」美國作家亨利・大衛・梭羅這麼說。

這位思想與作風都極端與眾不同的作家，正是我在牯嶺街舊書攤遇見的另一寶藏。起先，我看到報上介紹他是隱居在樹林間的怪人，引起我的好奇，便去舊書攤找到這本《湖濱散記》。本來我以爲他是個消極、避世的隱遁者，沒想到剛好相反，他是最最積極、自覺而且前衛的生活實驗家！

爲了要過一種儉樸而審愼的生活，他向哲學家愛默生借了湖邊的一塊地，親自動手建了一間木小屋。就在那裡，他住了兩年兩個月，每天仔細觀察、紀錄大自然的變化。他把這兩年的觀察、思考所得，以及生活中所體會到一切，都一一寫下來，完成了《湖濱散記》這本曠世奇書。

這本誕生於將近兩百年前的書，長久以來，在全世界各地流傳不輟，影響無數人們。其中，當然也包括十八歲的我。

在我當時讀過的所有書當中，它可說是第一本認眞談到「人應該要過什麼樣的生活」，以及更重要的，「應該用什麼樣的態度去過」。

會讓我對梭羅這麼心悅誠服，認眞傾聽他述說的主要原因，就在於我發現梭羅所談到的一切，都是他自己親身實踐所得來的珍貴體悟，絕非只是道聽途說，或只是紙上談兵而已。

這一點，特別能吸引年輕、不願隨波逐流的我。於是，我不但逐頁詳加閱讀，而且破天荒做了分類筆記，以便更清楚他對日常生活的各種意見——例如對於住家，他說：「我們的房子是那麼笨重，與其說是我們住在裡面，不如說是關在裡面。」

他覺得人們的工作和生活都好像在贖罪的苦行一般。「美國雖有做苦工的黑奴，但最糟糕的，卻是『你是自己的奴隸監工』。」

至於世人所重視的財產，他的看法卻是：「我覺得繼承農場、房屋、家具的人很可憐，爲什麼當他們一生下來，就首先忙著給自己挖掘墳墓呢？」

在他看來，那些每天忙碌工作的人們，幾乎每個都過著被迫的生活，而且以爲那就是唯一的生活，沒得選擇。「其實生活的方式是無窮的。」他苦口婆心這樣呼籲著，爲人們不知掙脫、改變而感到無比的惋惜。

對於人們的穿著呢，他說：「最有智慧的人們，總是過著相當簡單，甚至貧窮的生活；而國王和王后每套衣服只穿一次，永遠不會知道合身的衣服是多麼的舒服。因爲衣服越穿才會越跟主人接近一些。他們不過是掛乾淨衣服的架子罷了……。」總結起來，其實梭羅苦口婆心、反覆強調的，不外就是「生活要儉樸，身心要自由」罷了，但對於現代人而言，這卻是何其艱難的挑戰啊。

年輕的我，邊整理、抄錄書中這些簡直是驚世駭俗的奇特說法，忍不住會覺得大震撼——我不免時時放下筆，自己跟自己爭辯起來了。在我內心中，好像有什麼正在逐漸崩解、裂開、滑落；但同時，卻又有什麼也在滋長、伸展、蔓延……。恐懼和狂喜同時出現，相互對抗、拉扯。

梭羅在將近兩百年前所提出的這些觀念，都是這時的我未曾接觸過的。在我的印象中，也沒有任何師長曾經提起過，更別說是進一步的討論或啓發了。不過，透過這本書，我雖仍覺得似懂非懂，但很清楚的一點是：我很渴望能夠繼續接觸這樣的奇言怪論，我也願意試探各種異端觀念的衝撞、挑戰，甚至是徹底的顚覆。因爲，我想從他那裡學到最珍貴的一課：什麼樣的人生才是眞正值得過的人生。

有一位評論家曾說：「梭羅似乎一生都在談自己，但死後卻跟幾百萬人、甚至幾億人談話。」這句話眞是說得對極了，因爲我就是那不斷跟他對話的人之一。在生命的不同階段，我時常會翻開《湖濱散記》，跟他談一談。有時是想增強我日漸薄弱的生活信念，充充電；有時只是想到他的湖畔靜靜坐一會兒。

我相信跟我有相同渴望的人一定不少。例如美國著名作家懷特就曾這麼說：「當世界的疆土日減，也就是這本《湖濱散記》領域日增的時候……每個人一生中會有一本書是眞正讀了的，我的這本書就是《湖濱散記》……我總是把它放在唾手可及之處，做爲我消沉沮喪時的紓解。」

的確，《湖濱散記》一直被視爲這世界上最具影響力的書之一。

對我而言，它更是別具意義——我至今還依稀記得十八歲第一次閱讀《湖濱散記》時，那種既驚訝、疑惑、歡喜，卻又不免在內心中自我對抗等等複雜的心情。

我也很欣賞梭羅所說：「如果一個人不能跟他的同伴保持同樣的步伐，那可能是因爲他聽到了不同的鼓聲。讓他按著他聽到的音樂調整他的步伐吧，不論那音樂是什麼節奏，或多麼遙遠。」

我把這一句抄下來，貼在書桌前的牆壁上。每次抬頭看一次，就對自己的抉擇更堅定一些。

在多年後的現在回想，如果眞有所謂的「成年禮」，那麼，我的成年禮的第一天，應該就是翻開《湖濱散記》的那一剎那罷。

23

在這一路上，我向他們學到的真是不勝枚舉，例如：要像蝸牛一樣慢慢走，才能充分欣賞周邊的一切。還有，不在乎走得多遠，而是能欣賞與感受到多少。而且，大自然之中有詩，有敬畏，有驚奇……。

夏天到了，補習班課程結束了，我的四季壯遊也暫時告一段落。但是，屬於我的真正的生命之旅，才剛要開始哩。

經過梭羅強烈震撼、洗禮過的我，雖然在外表看不出來有任何改變，但我自己能清楚察覺得到，內在正醞釀著極其微妙的變化。非常緩慢，但一直持續不斷。

最明顯的跡象之一，就是：我在出門時，挑選的隨身書，已經改成《秋野拾零》——這是一套四本，總稱為《山川風物四記》的自然名著，作者是美國博物學家艾溫・威・蒂爾。

我預備隨著季節的推進、更替，讓隨身書也隨之變換。這樣做，可以讓我有一整年變化無窮的大自然饗宴。

我想，所有像我一樣，每天不得不在都市中生活的人們，還有什麼其他妙法，能夠更簡便、更有情趣的「苦中作樂」呢？

先前，我已從補校畢業，但以我的程度當然沒考上大學。我本來打算先去服兵役，磨練一下，等退伍後再另做打算。沒想到，在抽兵役籤時，竟然抽到「補充兵」，這個兵種只需服役三個月，還能保留到大學畢業後再去服役，而且也可以考夜間部。

因此，我聽從好友小葉的建議，一起去台北火車站前一間升大學補習班加強英文與數學。每天，我們和一百多位同樣命運的年輕男女，肩靠肩，肘碰肘，盯著講台上的名師，期望在他的口沫橫飛之中，能夠眞的猜中考題。

這時的我，已經比以往收斂多了。我盡可能專心聽課，只在下課後或午休時，才取出「隨身書」來慰勞自己。這時正是秋季的開始，我便翻開《秋野拾零》，跟著書中的專家們上路了——我們到了世界上最大的候鳥安居地，放眼望去，每個地方都有野鴨起飛或落下。振翅的聲音，就像是遠處的雷聲。「一種充滿能與力的氣氛彌漫於我們四周的空氣中，令人興奮。」……就在這一天，我們看到了一百萬隻野鴨！

到了冬天，我們看見一千多隻鶴，不斷變換隊形，順著上升氣流向上飛。還有大群黑色山鳥，成千上萬，像潮水般湧過。然後，我們的行程進入一個「水晶時代」，每一樣事物都變成潔白耀眼、玲瓏剔透……。

春天來臨時，我們一路上驚嘆連連——看見成千成萬的樹燕在草原上翻飛、掠地、騰空、翺翔、前進，一面捕食昆蟲。這片「樹燕雲」不斷的移動，忽高忽低，眞是壯觀極了。

上高山後，我們發現這正是野花開得最爲繁盛美麗的時節，整個山坡上上下下全都開滿了白色的春艷花，就像一道寬闊的大瀑布，從樹上直洩到山麓，美不勝收……。

在夏日的旅程中，我們遇上多到無法計算的蜉蝣，漫天蔽野。可是牠們只有一天的生命而已。我們注視著這些既脆弱又強韌的小生物們開始脫下輕薄的蛻皮，飛上空中，舉行一生中最重要的交配舞會……。

在這一路上，我向他們學到的眞是不勝枚舉，例如：要像蝸牛一樣慢慢走，才能充分欣賞周邊的一切。還有，不在乎走得多遠，而是能欣賞與感受到多少。另外，我也學到了：「在欣賞彩虹的美麗時，不一定要去分析她是如何產生和組成。」而且，大自然之中有詩，有敬畏，有驚奇，如果能夠像兒童一樣的單純的欣賞，並且爲美而感到快樂，這樣也是很好的……。

夏天到了，補習班課程結束了，我的四季壯遊也暫時告一段落。但是，屬於我的眞正的生命之旅，才剛要開始哩。就像書中所引的莎士比亞劇中這一句：「啊，現在我的靈魂有充裕的舒展餘地了。」

由於這套書的啓發，我已經認清楚了我的目標：我希望找一間出版社，讓我可以四處探訪、記錄，寫成一篇篇報導，或集結成書，跟世人共享。

探訪與寫作的強烈慾望充塞我的心頭，我渴望能夠從腳下這塊生養我們的土地開始，去探訪，去親近，去了解。

不過，我還得先過大學聯考這一關才行。

我還是沒考上日間部大學，只好繼續去試夜間部。這次夜間部放榜是在中興大學，特別的是，放榜的時間就選在晚上。

我看完榜，一時還不想馬上回家，就在夜裡的街道上隨意亂逛，想起這幾年來的種種，心情錯綜複雜，一時也搞不清楚。

回到家已經很晚了，我輕輕轉開門鎖，躡手躡腳經過爸媽房間外面，忽然聽到爸爸出聲問：「怎樣？」

「有上。」

「哪裡？」

「台大中文。」

我說完，走進我的房間。聽到房門外有開電燈聲、走路聲，還有不斷的悉悉索索的聲響。

「昨晚爸爸是怎麼啦？」第二天，我問媽媽。

「你爸爸半暝還要爬起來，問他要做什麼？他說是睡不著啦。自己一個人在客廳整理資料，一直整理到天光……」

24

我從原先的小小天地走出去，嘗試著要用我的筆，去接觸這個千奇百怪的世界。翻閱康拉德的《黑暗的心》時，曾見到書中有麼一句：「人不過是暴風雨中的一線微光，然而那線微光堅持下去，那線微光即是一切。」

這些年來，我很幸運見過不少這樣的微光，他們雖小，而且很不起眼，但一直堅持著發光。

地層下，頂燈的採煤人斜側著身體，額前的燈光射出去，照在前面的煤層上。

狹隘的空間，兩旁是堅硬的岩壁，後面是支撐著上磐的木架。採煤人握緊著鎬煤機，用力向前擠壓，轟隆轟隆的聲響中，煤塊紛紛落下，粉屑則迅速的朝四方噴散開來。汗水混合著黑色的粉屑，不停的往下流，流到面頰時，採煤人舉起手背一抹，立刻留下一道黑黑的印子……。

剛從煤礦產區採訪回來的我，正聚精會神的，將連續多日所採訪得來的各種資料，以及記憶猶新的各種深刻印象，趕緊一一整理出來。我一面辨識筆記本中急速而潦草的筆跡，腦中不斷的迴繞著這回採訪過程印象深刻的種種。對我來說，那些經驗，只有用「震撼」和「啓蒙」才足以形容。

自從我考進台大夜間部中文系，一方面盡情悠遊於傾心已久的各種文學作品，同時因爲白天的時間較爲充裕，我便到新創立的「戶外生活」出版社擔任採訪編輯，開始我嚮往已久的新嘗試。

這時的台灣文化界，正掀起「報導文學」的新風潮——年輕人背起簡單的行囊，帶著相機和紙筆，登上高山，探訪離島，四處訪查。他們不辭辛苦，去到最偏僻的地方，觀察、訪談、體驗、思索……然後把所得的成果寫成報導，在報紙或雜誌上發表，期望能讓生活在這塊土地上的人們更了解自己，也期盼這些呼籲，能夠眞正改變各種不合理的現況。

在這些充滿理想色彩的熱血青年之中，有一個正是我。我所加入的「戶外生活」雜誌，是以旅遊、登山和報導文學爲主的出版社，夥伴們既年輕，又充滿熱情和幹勁。我也受到感染了，積極的去各處探訪。

例如去烏來附近的原住民聚落，發現他們的種種困境：住家大都只是低矮、簡陋的平房，用昔日所拆下的台車鐵軌，壓覆著鐵皮浪板而建成；居民對於酒精有著嚴重依賴的習慣。還有，他們各種傳承久遠的傳統技藝與生活，如今已經幾乎消失殆盡。同時，原先最爲依賴的神明「戶都火」，也已捨棄，大部分都改變信仰，轉爲天主教或基督教了……。

我和夥伴們又去嘉南地區的珊瑚潭水庫。這裡的人們，原本大都是耕種農田的農夫，由於嘉南大圳的興建，搖身一變，成爲樵夫、漁民和牧人。他們依山吃山，傍水吃水，每天划著自製的交通工具——竹筏，照樣在茫茫一片的潭水上來去自如。

我們在這個「水的世外桃源」流連著，捨不得離去。然而我們也因而發現：這個仙境的最大問題，正是跟我們一樣的遊客。每年不計其數的慕名旅客蜂擁而來，不禁要爲這世外桃源捏一把冷汗……。

同樣的，我們也到了煤炭礦場的礦坑口，看著採煤人頭燈一盞，便當一盒、水一壺，進入礦坑，在轟轟隆隆的坑道裡，汗流浹背的工作著，一直到工作完了。然後，他們再從長而黑的坑道一步一步走上來。這時，他們的眉目和全身已被煤灰和汗水染黑，幾乎無法辨識了……。

像這樣，我從原先的小小天地走出去，嘗試著要用我的筆，去接觸這個千奇百怪的世界。每回結束採訪後，我便認眞的寫出報導，在雜誌中刊載出來。

我時常會回想起那些接受過我採訪的人們、或族群；在他們的生命中，各自都曾遭遇過暴風雨般的打擊。可是，他們依舊是不屈不撓的，在有如黑夜般的處境中，努力奮鬥著。他們堅毅的身影和面容，永遠讓我難忘。

由於採訪與撰寫的工作很花時間，再加上晚上還要去上課，所以我常常早出晚歸，難得能跟爸爸碰面。這天，我又是大清早就要出門採訪，媽媽攔住我，無論如何都要我先喝碗雞湯才行。湯非常燙，我只好坐下，一邊吹氣，一邊聽媽閒聊家事。

「你現在這麼忙，」媽媽說：「前幾天，你爸爸看你半夜才回來，隔日透早又大包小包出門，他說：『眞想不到，這個老四啊，也會這麼打拼』。」

我匆匆忙忙趕上公車，熱出一身汗來。車子晃著晃著，我漫漫想著爸爸的那句話。忽然有另外一句話也閃進我的腦中來了。

那是以前在書店街翻閱康拉德的《黑暗的心》時，曾見到書中有麼一句：「人不過是暴風雨中的一線微光，然而那線微光堅持下去，那線微光即是一切。」

這些年來，我很幸運見過不少這樣的微光，他們雖小，而且很不起眼，但一直堅持著發光。

於是，就在搖晃不定的車上，我堅起心思，開始構想我的下一篇作品，這將是我最新的一線微光。

後記

決定要寫這本書後，我做的第一件事，就是坐下來，試著在紙上寫出一個個書名，都是從青少年時期到上大學之前，令我難以忘懷的書。這些書五花八門，內容與個性都極其不同，但是，每一本都曾深刻影響過成長階段的我。

我一邊挖掘記憶，同時寫出各個書名。寫著寫著，忽然有一種極其微妙的感覺湧現出來，而且逐漸增強，包覆著我。原來，每當我回想起某一個書名時，剎那間，那本書與我相逢、結緣的經過，以及當時的場景、聲音、氣味、對話、感觸……等等，也都隨之浮現出來了。

「多麼奇妙的事啊。」我對著紙上的二、三十個書名，忍不住這樣讚嘆起來。

接下來，我開始去書店、圖書館尋訪這些書的下落。令我驚訝的是，竟然有一些已經絕版，甚至連圖書館都沒有收藏，眞正是從人間蒸發了。

「才不過三十多年而已，就人類的壽命來說，正是大有爲的壯年時期，它們怎麼會就這樣消失無蹤了呢？」我感到無法置信，在情感上更是難以接受。

在寫作的中途，我也曾抽空回到台中探視，那正是我青少年時期最重要的成長地點之一，在各處都曾留下我探訪、逗留的印象。

然而，一切都已經改變。我當年的家原本是位於幽靜的宿舍區，家家門前都有高大的榕樹、芒果樹或桑椹樹遮蔭；還有長長的紅磚牆爲界。沒想到，如今出現在我眼前的，竟是一座高聳入天的大樓。

我不死心，繼續在附近繞行、探訪。最後終於在一處荒廢屋舍的後方，發現有一根殘斷的水泥柱子，應該就是我家當年外牆的部分殘跡。如今周邊盡是荒煙蔓草，這僅存的水泥殘跡，雖然仍舊擺著頑強的姿態站立著，但是看來也已經支撐不了多久了。

這樣的景況，其實不足爲奇。雖然僅僅只經過三十多年，但以台灣這些年來的快速發展，這都是可以預料的變化。

即便如此，我還是忍不住繼續探訪記憶中的各處地點：

我的小學、初中與高中校園，沒有例外的，全都已經改建。當年最常去看書的「美國新聞處」和小書店，同樣已經消失無蹤。而另一處讓我消暑的閱讀聖地——寶覺寺，那座有著日式典雅風格的木造建築，同樣未能躲開拆除的命運……。

那麼，我這趟返鄉之行，難道已經變成了憑弔往事的感傷之旅了嗎？

其實不然。在這一路上，我雖不免也會時常心潮波動，但依然還是以溫暖及感激的時候居多。

這是因爲我在旅途中，忽然想起一件往事，因而改變了整個心境——那是在多年以前，因爲工作關係，四處尋訪古蹟，撰寫報導。那天來到桃園龍潭，這裡有座特別精緻的

「惜字亭」，甚至還有個專屬名稱：「聖蹟亭」——由此可以看出此地鄉親對它的敬仰和重視。

我看著人們將各處所收集來的有字之廢紙，放進亭中焚燒。這是一種尊重文字，以及它所承載的文化意義的習俗，在台灣各地客家聚落普遍都可見到。

不過，這天特別吸引我的，是這亭上所刻著的四個字：「過化存神」。

我看著因長期焚紙而所留下黑色痕跡的亭口，忽然想起以前曾在《孟子》中所讀到這一句：「所過者化，所存者神。」——如果用這座聖蹟亭爲例，大概可以這樣解釋：「字紙雖然焚燒過後全化爲烏有，但是，那種尊重傳統文化的精神，卻可以因此留存住了。」

多年前的我，牢牢記住這把「傳統的香火」。沒想到，在這時正好可以點燃起來，一路溫暖返鄉的我。我用同樣的精神，來想像這本新書中所提到的每一本。也許有的已經乏人聞問，也許有的眞的就此永遠消失，就像是「過化」了一樣。

但是對我而言，這些書的每一本，都曾經有著特別的意義，同時也是無可或缺的。我感謝它們無怨無悔的，長期陪伴著我，默默的鼓勵我，爲我打氣。在有生之年，我會一直珍惜他們所賜予我的恩情，並且一再閱讀它們，將它們推介給更多讀者。

我認爲這樣做，也正是我「存神」的具體行動。

青春進行式 S0205
書遊記

文、攝影／莊展鵬
主編／連翠茉　美術設計／張士勇

發行人／王榮文
出版發行／遠流出版事業股份有限公司
台北市南昌路2段81號6樓
郵撥／ 0189456–1 電話／（02）2392–6899
傳眞／（02）2392–6658
著作權顧問／蕭雄淋律師
法律顧問／王秀哲律師・董安丹律師
輸出印刷／中原造像股份有限公司

2008年7月1日 初版一刷
ISBN 978-957-32-6344-9　定價250元
行政院新聞局局版臺業字第1295號
（缺頁或破損的書，請寄回更換）

遠流博識網http：//www.ylib.com
E–mail：ylib@ ylib.com

國家圖書館出版品預行編目資料

書遊記/ 文、攝影.
– 初版. – 台北市 ： 遠流 , 2008.07
面； 公分. –(青春進行式：S0205)

ISBN 978-957-32-6344-9 (平裝)

855 97011441